Super FRISSONS 4

SOS
LE BAISER
DE LA MORT

TOME 2

SUPER FRISSONS — 4

SOS
TOME 2 LE BAISER
DE LA MORT

Nicole Davidson

Traduit de l'anglais par
LOUISE BINETTE

Les éditions Héritage inc.

Données de catalogage avant publication (Canada)

Davidson, Nicole

Le baiser de la mort

(Super Frissons)
Traduction de: Kiss of Death
Pour les jeunes.

ISBN 2-7625-8627-5

I. Binette, Louise. II. Titre. III. Collection.

PZ23.D278Baa 1997   j813'.54   C97-940436-3

Final Cruise – volume II – Kiss of Death
Copyright © 1995 Kathryn Jensen
Publié par Avon Books

Version française
© Les éditions Héritage inc. 1997
Tous droits réservés

Photographie de la couverture : Isabelle Lapierre et Julie Lanctôt, étudiantes au Collège Dawson
Modèle : Julie, Agence Girafe
Conception graphique de la couverture : Denis Saint-Laurent
Mise en page : Jean-Marc Gélineau

Dépôts légaux : 2e trimestre 1997
Bibliothèque nationale du Québec
Bibliothèque nationale du Canada

ISBN : 2-7625-8626-7   Imprimé au Canada

LES ÉDITIONS HÉRITAGE INC.
300, rue Arran, Saint-Lambert (Québec) J4R IK5
Téléphone : (514) 875-0327
Télécopieur ; (514) 672-5448
Courrier électronique : heritage@mlink.net

FRISSONS® est une marque de commerce des éditions Héritage inc.

Je dédie cette trilogie
à mes merveilleux lecteurs.

Sans vous, je n'écrirais pas.
Merci pour vos lettres et votre amour !

Nicole Davidson

Chapitre 1

Sandrine Lalonde a l'impression d'être déjà
morte. Ses mains sont glacées et ses lèvres engour-
dies de froid. Elle a croisé ses bras sur sa poitrine
pour mieux réchauffer son corps tremblant. Et
même si elle sent la douceur réconfortante des
draps sur sa peau, elle sait qu'il s'en est fallu de
peu qu'elle ne se retrouve dans un cercueil.

Il y a quelques heures à peine, elle a frôlé la
mort. Elle est passée à un cheveu de pousser son
dernier soupir et de ne jamais rentrer chez elle, à
Hull. À un cheveu de ne plus jamais se promener
main dans la main avec Martin.

«Martin», pense-t-elle tristement.

Encore une fois, elle a oublié qu'ils ont rompu.
Pourtant, comme elle aimerait qu'il soit près d'elle
maintenant !

Mais les souvenirs reviennent au galop dans la
mémoire de Sandrine qui ferme les yeux en vain
pour les chasser. Elle a décroché un emploi d'été
sur le bateau de croisière *Le Mystique*, tout comme

sa meilleure amie, Édith Jobin. Mais sa vie est devenue un véritable cauchemar depuis qu'elle a pris cette décision fatidique.

Tout a commencé le jour où, assise sur la pelouse à côté de Martin dans la cour de l'école primaire, Sandrine regardait la jeune sœur de son petit ami glisser avec ses copines.

— Je ne vois pas pourquoi tu devrais accepter cet emploi stupide, avait dit Martin avec amertume. Tu seras partie tout l'été.

— C'est une occasion en or pour moi, avait expliqué Sandrine. Le père d'Édith habite New York et il est le directeur des ressources humaines des croisières *El Mundo*. Il nous a trouvé un travail de préposées aux cabines sur un paquebot presque neuf. J'ai vu des photos du *Mystique*. Il est énorme et absolument magnifique. C'est une vraie ville flottante !

— On dirait bien qu'il n'y a que toi qui vas passer de belles vacances, avait grommelé Martin en promenant un regard furieux sur la cour d'école.

Même en colère, Martin est très séduisant. Il a des cheveux bruns toujours parfaitement peignés. Ce jour-là, il portait un polo bordeaux et vert foncé qui faisait paraître ses épaules encore plus larges.

Sandrine lui avait pris la main.

— C'est plus qu'un emploi d'été, avait-elle dit doucement. C'est une façon de préparer ma carrière. Tu sais à quel point je veux devenir danseuse. Il y a beaucoup de compétition dans ce milieu-là, mais très peu de rôles. Les comédies musicales sont présentées surtout à Broadway, dans les parcs à thème et sur les bateaux de croisière.

Martin avait ri, ironique.

— Et tu crois que c'est en travaillant comme femme de chambre cet été que tu obtiendras un rôle de danseuse sur un bateau l'an prochain?

— Je l'espère, avait répondu Sandrine. Au moins, j'aurai la chance de voir des professionnels à l'œuvre. Je pourrai peut-être demander conseil aux filles en vue des auditions.

Elle avait retenu son souffle en priant pour que Martin dise qu'il comprenait.

Mais le jeune homme l'avait dévisagée d'un air glacial.

Le cœur en miettes, Sandrine lui avait serré les mains.

— Je t'en supplie, Martin, avait-elle chuchoté. Il faut que tu comprennes. Je dois le faire pour mon avenir. Appelle-moi ce soir et on en reparlera.

Ce soir-là, Édith était allée chez Sandrine. Les deux amies s'étaient installées par terre dans la chambre de Sandrine pour mieux admirer les nombreuses brochures que monsieur Jobin leur avait envoyées. Elles avaient parlé avec animation de leur travail sur le paquebot, des couchers de soleil, des trois piscines et des boîtes de nuit.

Puis Martin avait téléphoné. En entendant sa voix, Sandrine avait tout de suite compris qu'il n'avait pas changé d'idée. En fait, il avait fini par lui raccrocher au nez.

Il y a quelques jours, lorsqu'elles sont montées à bord du *Mystique* amarré dans le port de New York, Édith a répété à son amie que Martin l'attendrait à bras ouverts à la fin de l'été. Mais Sandrine n'est pas dupe. Elle sait qu'elle l'a perdu pour de bon.

Dès lors, elle s'est juré de se tenir loin des garçons aussi égoïstes et têtus que Martin.

Mais presque immédiatement, deux jeunes hommes se sont montrés intéressés à elle. David Alexandre, un jeune officier en stage, n'a que quelques années de plus que Sandrine. Malheureusement, il lui fait beaucoup penser à Martin. Quant à Nelson Morrow, il semblait être l'antidote parfait à ses déboires avec Martin. Déluré et imprévisible, il est le chanteur soliste du groupe *Réflexe* qui se produit sur le bateau. Dès le premier jour, il a précisé qu'il n'avait pas envie d'une relation sérieuse. Sandrine s'est dit que, comme elle, il ne cherchait qu'à s'amuser. Du moins, c'est ce qu'elle croyait.

Mais à mesure qu'elle en apprenait sur son compte, Sandrine a commencé à se demander si Nelson n'était pas dangereux. Il lui a menti au sujet de son passé et a multiplié les avances pour l'entraîner dans son lit. Son intuition lui dit de garder ses distances, mais son cœur ne voit pas les choses du même œil.

Si elle n'avait eu que ces petits problèmes de cœur à régler, Sandrine s'en serait bien tirée. Mais pendant la première nuit au large, un passager a été assassiné. Les événements survenus par la suite laissent croire qu'il ne sera pas le seul à mourir... Et c'est elle, Sandrine Lalonde, qui semble être la prochaine victime sur la liste !

— Tu es réveillée ? demande une voix douce près d'elle.

Sandrine s'oblige à ouvrir les yeux et regarde autour d'elle dans la cabine qu'Édith partage avec elle. Son amie se penche au-dessus d'elle. L'inquiétude se lit sur son joli visage.

— Oui, je suis réveillée, répond Sandrine d'une voix rauque.

En prononçant ces mots, elle a l'impression qu'on a gratté une allumette dans sa gorge.

— Comment te sens-tu ?

— Mal. On dirait que quelqu'un m'a versé de l'acide dans la gorge, puis que j'ai couru le marathon. Tous les muscles de mon corps me font mal. Je me suis tellement débattue pour échapper à cette crapule qui m'a attaquée.

Elle sent encore la fine chaîne qui enserrait son cou sans pitié.

— Tu n'aurais pas dû quitter le club et rentrer toute seule au bateau en pleine nuit, la réprimande Édith.

Sandrine se redresse et son amie glisse un oreiller derrière son dos.

— Je n'ai pas besoin qu'on me dise : « Je te l'avais bien dit. » Je sais que j'ai été stupide.

Édith fait la grimace et s'assoit sur le bord du lit. Ses longs cheveux blond platine brillent à la faible lueur de la lumière de la salle de bains, mais son regard est sombre.

— Excuse-moi. Je regrette seulement que tu ne m'aies pas laissée te raccompagner au lieu de partir en trombe.

— Et moi donc !

Sandrine se frotte le cou en se souvenant des rues obscures où elle a couru pour tenter d'échapper à la silhouette vêtue de noir. Son poursuivant a fini par la coincer dans une ruelle juste avant qu'elle n'atteigne le quai.

— Tu as eu de la chance que David arrive à temps, fait remarquer Édith.

Sandrine éprouve un sentiment de chaleur en entendant le nom du jeune officier. Elle le considère vraiment comme son ami. Le meilleur, en fait. Il lui a sauvé la vie en faisant fuir son assaillant.

— Veux-tu que j'aille te chercher quelque chose à manger à la cafétéria ?

Sandrine cale sa tête sur l'oreiller.

— Je n'ai pas faim. Je préfère parler.

— De quoi ?

— De ce qui s'est passé. Il faut que je voie clair dans toute cette histoire.

— Quelle histoire ? Ce sont des choses qui arrivent.

Elle détourne les yeux et regarde par le hublot.

— Je ne te comprends pas ! dit Sandrine d'une voix râpeuse. Il y a eu un meurtre, puis j'ai trouvé une note écrite par le tueur sur laquelle figure mon nom, et enfin on a tenté de m'étrangler ! Qu'est-ce que je suis censée faire ? Rester assise à attendre gentiment qu'il recommence ?

Édith secoue la tête, les yeux mouillés de larmes.

— Bien sûr que non. Mais j'ai peur que...

Elle renifle et s'essuie le nez.

— ... j'ai peur que tu ne fasses qu'aggraver les choses.

Sandrine repousse les couvertures et se dirige vers la salle de bains d'un pas chancelant. Elle s'asperge le visage d'eau froide, boit un peu et fixe son visage cendreux dans le miroir.

« Comment les choses pourraient-elles empirer ? » se demande-t-elle. Un adolescent, Jean-Charles Ostiguy, s'est noyé après avoir passé par-dessus bord. La garde côtière a repêché son corps et a découvert qu'il avait été poignardé. Il ne s'agissait donc pas d'un accident.

Mais Marc Michaud, le garçon qui admet avoir donné un coup de poing à J.C. et qui l'a vu tomber à la mer, affirme qu'il ne l'a pas poignardé et qu'il n'avait pas de couteau sur lui. Sa petite amie, Patricia Chénier, jure que Marc serait incapable de poignarder qui que ce soit, car il s'effondre à la vue d'une seule goutte de sang.

Sandrine retourne dans la chambre et trouve Édith installée sur son lit en train d'écrire dans son journal.

— Tu relates les souvenirs heureux de notre croisière ? demande-t-elle avec sarcasme.

— Très drôle.

— Pourquoi crois-tu que ça ne ferait qu'empirer les choses de découvrir la vérité ?

Édith pose son stylo et lève les yeux vers elle.

— Bien... Le meurtrier te laissera peut-être tranquille si tu ne te montres pas trop curieuse.

— De toute façon, il y aura une enquête. Même s'il décide de m'épargner, il ne s'en tirera pas. La police des Bermudes et les officiers chargés de la sécurité sur le bateau veulent à tout prix mettre la main au collet de l'assassin de J.C.

— Et de la personne qui t'a attaquée.

Sandrine fait un signe affirmatif.

— Mais est-ce qu'on a vraiment besoin de savoir qui c'est ? demande Édith d'un ton grave. Après tout, admets-le : J.C. était un salaud. Et c'est peut-être mieux que tu ne saches pas qui t'a sauté dessus hier soir. Si cette personne découvre que tu l'as reconnue, elle continuera à te poursuivre.

— Ne dis pas ça ! gémit Sandrine qui sait pourtant que c'est la vérité.

En fait, J.C. s'est peut-être fait tuer parce qu'il avait découvert quelque chose au sujet de quelqu'un. Il a pu faire chanter son meurtrier en le menaçant de raconter à d'autres ce qu'il savait sur son compte. Il avait la réputation de faire des plaisanteries cruelles. Sandrine et David ont déjà découvert que J.C. avait fait semblant de tomber à la mer pour effrayer Marc. Il a atterri sur le septième pont comme prévu, mais quelqu'un l'y attendait probablement, un couteau à la main...

«Mêle-toi de tes affaires! hurle une voix dans la tête de Sandrine. Édith a raison. Oublie ce qui s'est passé hier soir.»

Tout ce qu'elle a à faire, c'est s'assurer de ne jamais rester seule. Tôt ou tard, la police des Bermudes arrêtera le meurtrier de J.C.

«Mais s'il est trop tard pour toi?» chuchote la petite voix en elle.

Sandrine a l'impression qu'Édith attend une réponse de sa part. Lorsqu'elle se tourne vers son amie, celle-ci a fermé son journal intime et l'observe.

— Je ne peux pas m'empêcher de me demander qui c'est, déclare enfin Sandrine qui se laisse tomber sur le lit et saisit un oreiller qu'elle serre contre elle. Mais tu as peut-être raison. C'est le rôle de la police de faire enquête et de poser des questions.

Édith lui sourit faiblement.

— Je me sens déjà mieux.

* * *

Au café *La Marée*, où les passagers et membres d'équipage viennent prendre des repas légers, des gens font la queue devant le comptoir libre-service. Édith et Sandrine prennent la file et s'emparent d'un plateau et de couverts.

La nourriture ici n'a rien à voir avec ce qu'on sert à la cafétéria de la polyvalente. Des ananas, des oranges et des melons juteux sont découpés en forme de poissons, de cygnes et de créatures mythologiques. D'épaisses tranches de pain doré tout chaud et des saucisses dodues et épicées n'attendent qu'à être garnies de sirop d'érable. Des pâtisseries feuilletées remplies de gelée sucrée, de cassonade et de noix, et de riches crèmes forment une montagne de petites douceurs.

— Si je continue à m'empiffrer comme ça, dit Édith en emplissant son assiette, je pèserai cent kilos à la fin de l'été.

Sandrine glousse.

— Alors arrête de manger tout ce que tu vois.

Édith regarde l'assiette de Sandrine du coin de l'œil.

— Tu peux bien parler! Un éclair au chocolat pour déjeuner?

— J'ai besoin de reprendre des forces après ce qui s'est passé hier.

Malgré tout, elle parvient à résister à une sublime pâtisserie à la crème décorée d'une énorme fraise.

— Où veux-tu t'asseoir? demande Édith en se dirigeant vers la salle à manger.

Il n'y a pas de caissier au bout du comptoir, car

les repas sont inclus dans le prix du billet des passagers. Les membres d'équipage, eux, sont nourris gratuitement.

Sandrine regarde autour d'elle.

— Eh! Voilà Marie-France et les autres!

Édith fronce le nez.

— Tu veux manger avec eux?

Marie-France Soly était la petite amie de J.C. C'est une fille étrange qui s'amuse à prédire l'avenir des autres à l'aide de son jeu de tarots. La plupart du temps, ses prédictions ne sont pas réjouissantes. C'est comme si elle prenait plaisir à faire peur à ses amis.

N'empêche que Sandrine a pitié d'elle. Après tout, son petit ami est mort il y a quelques jours à peine. De plus, il y a quelque chose chez cette fille qui l'intrigue. Ou Marie-France est très bonne comédienne... ou elle est vraiment un médium.

— Allons nous asseoir avec eux, dit Sandrine impulsivement. Ça me changera les idées.

Marie-France est assise au bout d'une longue table, comme si elle était l'hôtesse d'une soirée mondaine. Christelle Beaudry et François Leclerc, deux des amis de Marie-France à qui les parents de celle-ci ont offert une croisière comme cadeau de fin d'études, ont pris place d'un côté de la table. Patricia est installée en face d'eux. Son petit ami, Marc, a été arrêté par la police des Bermudes pour plusieurs petits vols commis sur le bateau. Il est aussi le suspect numéro un dans l'affaire du

17

meurtre de J.C et il est détenu à la prison de Hamilton, la capitale des Bermudes.

Christelle est la première à les voir s'approcher.

— Qu'est-ce qui s'est passé hier soir? s'écrie-t-elle en posant son verre de jus d'orange. On a entendu dire que tu t'es fait attaquer?

Sandrine s'assoit à côté de Patricia tandis qu'Édith se dirige vers l'extrémité de la table, en face de Marie-France.

— Je ne sais pas trop ce qui est arrivé, répond Sandrine avec un rire nerveux. Quelqu'un m'a suivie lorsque j'ai quitté le club, à Saint-George, et m'a sauté dessus avant que j'atteigne le quai.

— C'est terrible! s'exclame Patricia.

— C'était un gars? demande François.

— Je ne sais pas. Je crois que oui. Il faisait noir.

— As-tu été blessée? demande Christelle d'un air grave.

— J'ai mal à la gorge et j'ai de vilaines ecchymoses.

Sandrine ouvre le col de son chemisier. Christelle écarquille les yeux en apercevant les traces violacées laissées dans la chair.

— À part les marques et les courbatures dues aux efforts que j'ai faits pour me libérer, je n'ai rien.

— Comment as-tu réussi à lui échapper? demande Patricia timidement.

— C'est David Alexandre qui l'a fait fuir. Il m'a ramenée ici. En tout cas, c'est ce que m'a dit l'officier chargé de la sécurité.

Sandrine boit un peu de jus de tomate. Le liquide épais et salé apaise sa gorge.

— J'étais pas mal perdue. Je ne me souviens pas de ce qui s'est passé après que le gars...

Elle s'interrompt et hausse les épaules. Elle a envie de parler d'autre chose. Déjà, elle sent qu'elle perd l'appétit.

Au même moment, deux des danseuses qui présentent un numéro sur le bateau, Kim Lee et Julie Brien, entrent dans le café. Elles regardent autour d'elles pendant quelques instants et se dirigent immédiatement vers la table de Sandrine lorsque cette dernière leur fait signe.

— On vient d'apprendre ce qui s'est passé hier soir, dit Kim qui est dans tous ses états. Nelson nous a dit que tu avais été agressée. Je ne peux pas le croire ! Pas ici, aux Bermudes !

— Tu ferais mieux de le croire, dit Sandrine d'un ton las.

Julie s'éclaircit la voix, visiblement nerveuse.

— On a dit à Nelson qu'on voulait vous inviter, ta copine et toi, à faire les boutiques cet après-midi après la répétition. Mais il a souligné que tu ne serais peut-être pas très en forme après ta mésaventure d'hier.

Sandrine lui adresse un pâle sourire.

— En fait, je crois que ça me ferait du bien. Pendant que j'admirerai les beaux vêtements et les bijoux, au moins je ne penserai pas à ce qui s'est passé.

— C'est une excellente idée ! déclare Édith. Tu dois seulement t'assurer de ne pas rester seule. Tiens-toi près de moi.

Sandrine a un petit rire forcé.

— Tu peux y compter !

Elle se tourne vers les autres assis à la table.

— Quelqu'un veut nous accompagner ?

Marie-France baisse les yeux, mais ne dit rien. Il vient à l'esprit de Sandrine qu'elle n'a pas ouvert la bouche depuis qu'Édith et elle se sont jointes à eux.

Christelle consulte François du regard, l'air hésitante.

— Je ne sais pas. On avait l'intention de passer l'après-midi à Tobacco Bay.

— Il paraît que c'est l'un des plus beaux endroits de l'île pour faire de la plongée, dit François. On peut louer de l'équipement et...

— J'ai une idée ! s'exclame Patricia d'un ton animé. Pourquoi ne pas tous nous rejoindre sur la plage vers treize heures ? On pourrait y passer l'après-midi et revenir à temps pour prendre une douche et nous changer avant le souper.

Sandrine se tourne vers Édith qui exprime son accord d'un signe de tête.

— Et vous ? demande-t-elle à Kim et à Julie.

— Ça me paraît une très bonne idée, répond Kim avec enthousiasme.

— Il faudra peut-être qu'on rentre un peu plus tôt pour nous préparer pour le spectacle, mais ça nous laisse quand même quelques heures pour nous baigner et nous faire bronzer, ajoute Julie.

Lorsque Sandrine et Édith retournent à leur cabine une demi-heure plus tard, Sandrine se dit qu'elle se sent beaucoup mieux maintenant qu'elle a des projets pour la journée. Bien sûr, elle est peut-être encore en danger. Mais puisqu'elle sera entourée de tous ses amis, il y a peu de chance que le mystérieux agresseur se manifeste de nouveau.

Chapitre 2

Sandrine marche le long de la rue Water à Saint-George. Elle emprunte ensuite une allée escarpée et sinueuse, la rue Queen, dans la direction opposée au port. Édith se tient à sa droite et Patricia à sa gauche. Christelle marche devant tandis que Marie-France traîne derrière. Kim et Julie ne sont pas loin non plus. C'est comme si les filles s'étaient donné le mot pour former un bouclier autour de Sandrine afin de la protéger d'une menace invisible.

Sandrine se dit qu'elle est en sécurité, mais plus elles s'éloignent du navire, plus elle se sent mal à l'aise. Au fur et à mesure qu'elles remontent la rue, elle revoit les mêmes visages, comme si certains touristes les suivaient d'une boutique à l'autre. Sandrine tente de se rassurer en se disant qu'ils cherchent probablement le souvenir idéal, comme elle.

Tout à coup, elle laisse échapper un cri aigu lorsqu'on lui touche le bras. Elle se retourne vivement, mais ce n'est qu'Édith qui lui montre un bracelet de coquillages dans un kiosque à bijoux sur le trottoir.

— C'est joli, dit-elle d'un ton affecté.

— Je pense que je vais l'acheter pour ma mère, dit Édith en tripotant les minuscules coquillages roses.

Elle examine Sandrine pendant un moment.

— Est-ce que ça va? Tu es toute pâle.

— Ça va.

Sandrine lui adresse un sourire forcé.

Elles s'arrêtent dans une boutique de poterie où une femme leur demande poliment si elles cherchent quelque chose en particulier.

— Je voudrais une tasse pour mon père, lui explique Sandrine. Mais j'aimerais qu'elle n'ait pas l'air d'un souvenir.

La dame sourit et désigne une étagère au fond de la boutique.

— Celles-là ne sont pas décorées. Je les ai fabriquées moi-même. Lorsque l'argile n'est pas encore sèche, j'inscris mes initiales et la date sous la tasse, mais ce n'est qu'en la retournant qu'on peut les voir.

— Elles sont magnifiques, dit Sandrine.

Elle choisit une jolie tasse à grande anse dont les deux tons de bleu lui rappellent la mer. Après avoir jeté un coup d'œil dans les autres allées, elle déniche un vase dans les mêmes nuances de bleu et l'achète pour sa mère.

Les filles entrent dans le magasin suivant où des piles de t-shirts de toutes les couleurs les attendent.

— Regardez ça! dit Kim en montrant du doigt

une affiche sur le mur. Dix pour cinquante dollars ! Julie et moi, on n'en a pas besoin, mais vous pourriez peut-être vous partager les dix t-shirts.

— Ils ne sont pas chers, admet Sandrine. Puisqu'on est cinq, chacune de nous peut en choisir deux.

— Bonne idée, approuve Édith. J'en vois un rose qui me plaît déjà. Oh ! regarde le jaune, là-bas, avec des fleurs tropicales et un perroquet !

Christelle et Patricia font leur choix rapidement. Quant à Sandrine, elle repère un t-shirt turquoise à motif d'hibiscus violet ainsi qu'un autre de couleur rouge vif.

Satisfaite, elle cherche ses amies des yeux. Les filles sont déjà en train de payer. Seule Marie-France s'affaire encore à fouiller dans les piles de t-shirts. Elle regarde Sandrine par en dessous.

— Marie, tu n'as pas encore trouvé les tiens ? Dépêche-toi. On veut magasiner encore un peu avant d'aller rejoindre les autres à la plage.

Marie-France lève les yeux et fixe Sandrine d'un air sombre. Contrairement aux autres filles, qui portent toutes des shorts et des corsages en coton, elle est vêtue d'une ample robe noire qui lui descend jusqu'aux chevilles.

— On ne devrait pas se rendre à la plage de Tobacco Bay, chuchote-t-elle d'un voix rauque.

— Mais on était d'accord pour aller nager, lui rappelle Sandrine avec impatience.

Elle pivote sur ses talons pour aller rejoindre les autres. Si Marie-France s'apprête à leur faire part de ses prédictions sinistres, elle préfère ne pas les entendre.

Mais les doigts de Marie-France se referment sur son bras.

— Non! insiste-t-elle. On ne peut pas aller là-bas! C'est dangereux. C'est trop dangereux pour toi... et pour nous tous! ajoute-t-elle en regardant autour d'elle comme si elle craignait qu'on l'entende.

— Lâche-moi! dit Sandrine.

Marie-France s'approche encore et serre plus fort le poignet de Sandrine. La confusion et la terreur se lisent dans ses yeux.

— Tu ne me crois pas, dit-elle. Je ne sais même pas si je me crois moi-même. Je ne peux pas l'expliquer... C'est un sentiment qui s'empare de moi et que je ne peux pas refouler!

— Marie, arrête! supplie Sandrine. Tu me fais peur.

— Je n'essaie pas de te faire peur.

Elle se met à trembler.

— Mais je ne veux pas qu'il t'arrive de mal encore une fois. Tu as été si gentille. Quand J.C. s'est noyé, tu n'as pas essayé de me faire sentir coupable.

Sandrine fronce les sourcils.

— Pourquoi te sentirais-tu coupable?

Brusquement, Marie-France lui lâche le bras et s'éloigne. La jupe de sa robe noire tournoie autour d'elle.

— Marie-France, regarde-moi ! s'écrie Sandrine. Y a-t-il quelque chose que tu n'as pas dit à la
police ?

Non seulement Marie-France a-t-elle dû répondre aux questions du lieutenant Mitchell, l'officier
chargé de la sécurité sur le bateau, mais elle a
également subi un interrogatoire lorsque la police
est venue appréhender Marc.

Marie-France ne répond pas et continue son
chemin.

Les idées se bousculent dans la tête de Sandrine.
«Puisque ce n'est pas Marc qui a poignardé J.C.,
qui l'a fait ?»

Quelqu'un attendait J.C. sur le septième pont.
Quelqu'un en qui il avait confiance et qui avait
accepté de l'aider à atterrir sain et sauf. Marie-
France n'était-elle pas la personne toute désignée
pour aider J.C. à réussir son coup ?

Sandrine frémit. Il faut qu'elle en apprenne
davantage au sujet de Marie-France. Elle doit découvrir pourquoi celle-ci ne veut pas que la bande aille à
la plage de Tobacco Bay cet après-midi.

Sandrine aperçoit Marie-France qui sort de la
boutique dans un tourbillon d'étoffe noire. Elle
pose ses t-shirts et décide de la suivre.

— Tu ne les achètes pas ? demande Patricia en
lui bloquant le chemin.

Sandrine voit Marie-France traverser la rue et
entrer dans une pharmacie.

— Non... Euh... oui. Je suppose que Marie-

France n'en a pas trouvé à son goût. Elle vient de sortir.

— Je crois que les t-shirts ne font pas partie de sa garde-robe, à moins d'être signés !

Sandrine sourit faiblement.

— Elle porte toujours des vêtements chers ?

— Je ferais comme elle si mes parents étaient aussi riches que les siens.

Patricia hausse les épaules, mais Sandrine se demande si elle n'est pas un peu jalouse de son amie plus fortunée.

« Jalouse au point de tuer le petit ami de Marie-France par pure rancune ?

« C'est ridicule, se dit Sandrine. Aucun individu sain d'esprit ne tuerait quelqu'un seulement parce qu'il peut s'offrir de plus beaux vêtements que lui.

« Peut-être, dit une voix en son for intérieur. Mais le meurtre de J.C. ne semble pas être l'œuvre d'une personne saine d'esprit. » David et le lieutenant Mitchell sont d'accord pour dire que la note de menace sur laquelle figure le nom de Sandrine ressemble à un communiqué entre membres d'une secte de fanatiques.

Sandrine examine Patricia en se demandant si elle est aussi gentille et raisonnable qu'elle en a l'air.

— Si tu savais qui a tué J.C., le dirais-tu à la police ? demande-t-elle à brûle-pourpoint.

Patricia la dévisage, hébétée. Ses longs cheveux blonds flottent au vent sous le ventilateur de plafond.

— Bien sûr que je le dirais ! Tu crois que je laisserais Marc se faire accuser d'un crime qu'il n'a pas commis ?

— Si c'était toi qui avais tué J.C. parce qu'il menaçait de révéler à tout le monde que Marc volait, tu ne pourrais pas prouver son innocence à moins de passer aux aveux.

Patricia lui lance un regard de colère.

— Je crois que tu divagues. Je ne pourrais jamais tuer qui que ce soit. Mais si je le faisais par accident, je ne laisserais personne être accusé à ma place.

Du coin de l'œil, Sandrine voit Marie-France sortir de la pharmacie, un petit sac en papier à la main, et s'asseoir sur un banc presque entièrement caché par les bougainvillées en fleur.

Patricia doit l'avoir vue aussi.

— Viens, dit-elle. Choisis un autre t-shirt et j'en prendrai un de plus aussi, puisque Marie n'en veut pas.

Elle secoue la tête, toute pâle.

— Moi, tuer quelqu'un ? C'est impossible.

Sandrine regarde Patricia saisir un t-shirt blanc dans la pile sans en vérifier la taille et se précipiter vers la caisse. Chose certaine, que les accusations de Sandrine soient vraies ou non, Patricia paraît très ébranlée.

* * *

L'officier David Alexandre s'allonge sur le dos sur une serviette de plage verte après une baignade vivifiante. Il ferme les yeux et laisse le soleil filtrer à travers ses paupières.

Un instant plus tard, l'image de Sandrine Lalonde se superpose à l'écran éblouissant qui lui emplit les yeux. Il la voit marchant vers lui, souriant chaleureusement comme elle le fait toujours. Il imagine qu'il lui prend la main et qu'ils se promènent sans se presser au bord de l'eau, comme les autres couples qu'il a vus tout à l'heure.

Ce serait amusant de nager avec elle, car il sait déjà qu'elle a peur de l'eau. Ça lui donnerait une bonne raison de se tenir près d'elle et peut-être même de la toucher.

Il ne serait pas méchant avec elle comme l'a été ce chanteur avec qui elle sort. Lorsque Nelson l'a jetée dans l'une des piscines du bateau, elle était terrifiée. Non, il ne lui ferait jamais ça. Il l'entraînerait doucement dans l'eau, la prendrait par la main et lui enseignerait quelques mouvements de base en eau peu profonde, jusqu'à ce qu'elle soit prête à aller plus loin. Bien entendu, elle lui en serait tellement reconnaissante qu'elle finirait par l'embrasser de la même façon qu'il l'a vue embrasser Nelson hier sur le pont.

David fronce les sourcils. L'image de Sandrine dans les bras du chanteur lui revient douloureusement à la mémoire. À un certain moment, il croit même entendre sa voix.

Il ouvre les yeux et balaie la plage du regard. Il aperçoit un groupe de jeunes qui s'installent pas très loin de là et constate avec étonnement que Sandrine est parmi eux.

David se demande avec excitation s'il existe un moyen de se joindre à eux sans avoir l'air d'arriver comme un cheveu sur la soupe. Peut-être qu'en marchant tranquillement vers le casse-croûte, il pourra s'arrêter et demander à Sandrine comment elle se sent. Elle a l'air d'aller bien, mais elle paraissait très secouée hier soir.

« Au moins, Nelson n'est pas là », pense-t-il avec satisfaction. Il se lève, bien déterminé à tirer parti de l'absence du chanteur.

*　*　*

Sandrine inspire une bouffée d'air salin, repousse ses cheveux en arrière et rajuste la culotte de son deux-pièces rouge. Elle a horreur de l'eau profonde, mais la baie semble convenir parfaitement à son type de baignade. Les gens avancent longtemps dans l'eau qui ne leur arrive qu'aux genoux.

Beaucoup plus loin, le récif de corail se referme sur la plage, formant une barrière presque parfaite qui bloque la plupart des vagues. Il ne s'ouvre qu'en deux endroits où seuls les nageurs les plus aventureux se sont faufilés.

— Hé ! regardez ! s'écrie Édith en désignant un abri plus haut sur la pelouse. C'est sûrement là qu'on peut louer l'équipement de plongée.

Lorsqu'elle baisse le bras, Sandrine remarque que son amie a un pansement entre le pouce et l'index.

— Qu'est-ce que tu t'es fait?

— Je me suis écorchée sur le bord de mon chariot.

Kim se penche vers elle sur sa serviette.

— Est-ce que tu es allée à l'infirmerie?

— Non, répond Édith promptement. Ce n'est qu'une petite coupure.

— L'eau salée la fera peut-être guérir plus vite, souligne Sandrine. Pourquoi tu n'enlèves pas ton pansement?

— Je préfère le garder. Je ne veux pas que le sable s'infiltre dans la chair.

— Moi, je vais me chercher des palmes et un masque, annonce Kim.

Elle se tourne vers les autres qui sont assis sur une couverture.

— Vous venez?

— Je suis prête! déclare Christelle.

— On y va aussi, ajoutent Patricia et François.

— Julie? demande Kim.

Sa compagne sourit d'un air hésitant, puis elle jette un coup d'œil vers Marie-France. C'est la première fois qu'elle la rencontre et elle semble fascinée par la jeune femme.

— Est-ce que tu vas te baigner ou si tu restes ici? lui demande-t-elle.

Pieds nus, mais toujours vêtue de sa robe noire, Marie-France prend une grande inspiration.

— Je lui ai dit de ne pas venir ici. Il faut partir tout de suite.

Mais au lieu de se lever, elle sort ses tarots des plis de sa jupe et les mêle.

— C'est dangereux... trop dangereux.

Julie fronce les sourcils et regarde les autres.

— De quoi parle-t-elle?

— Ne lui prête pas attention, répond Patricia calmement. Elle est de mauvaise humeur aujourd'hui.

Christelle scrute le ciel d'un air songeur.

— Certaines de ses prédictions se sont déjà réalisées. Peut-être qu'il y a un orage ou un ouragan qui s'amène.

Mais lorsque Sandrine lève les yeux, elle constate que le ciel est d'un bleu clair, sans aucun nuage en vue.

— Allez chercher votre équipement, dit-elle. Je vais surveiller nos affaires jusqu'à votre retour.

— Marie, commence Patricia. Si tu n'as pas l'intention de te baigner, tu peux rester ici. Ça permettra à Sandrine de venir nager aussi.

Marie-France ne dit rien tandis qu'elle étale ses grandes cartes colorées.

Le groupe gravit la petite pente qui mène à la cabane de location tandis que Sandrine ouvre son tube de crème solaire. Elle en étend une généreuse quantité sur ses jambes, puis sur ses bras.

Julie, elle, examine Marie-France qui dispose les cartes en croix.

— Est-ce que tu dis la bonne aventure?

— Non! répond Marie-France sèchement.

Julie interroge Sandrine du regard.

— Elle prédit l'avenir à l'aide de ses tarots.

Sandrine jette un coup d'œil par-dessus son épaule et aperçoit les gens qui font la queue pour louer de l'équipement de plongée. François et Christelle ont l'air de se disputer, ce qui n'est pas nouveau. Édith et Kim se tiennent côte à côte. Cette dernière semble tripoter le pansement d'Édith.

Sandrine sourit. Kim est vraiment très attentionnée. C'est elle qui lui a permis d'assister aux répétitions de sa troupe. Et voilà qu'elle joue les mères poules avec Édith. Sandrine espère qu'elle aura l'occasion de danser avec elle un jour.

Quelques minutes plus tard, ses amis reviennent avec des palmes, des tubas et des masques. Sandrine aimerait bien être assez brave pour les accompagner, mais le souvenir de ce jour tragique sur le lac Champlain est encore trop présent à sa mémoire. Elle tressaille à l'idée d'être immergée dans l'eau. Les appels au secours de sa cousine résonnent toujours dans sa tête.

— Allons-y! s'écrie Édith avec enthousiasme en mettant son masque.

Elle marche à reculons dans l'eau pour éviter de trébucher avec ses palmes. Après avoir nagé rapidement pendant quelques secondes, elle disparaît parmi les baigneurs.

— Attends-nous! s'écrie François.

Christelle et son petit ami enfilent leurs palmes et suivent Édith dans l'eau.

Marie-France bondit soudain sur ses pieds, laissant ses cartes sur la couverture, et gravit la colline en courant vers le pavillon d'accueil.

— Qu'est-ce qui lui prend ? demande Julie.

— Qui sait ? Elle est peut-être fâchée parce qu'on refuse de l'écouter.

Julie se lève et va donner un coup de main à Patricia qui a du mal à enfiler ses palmes, apparemment trop petites.

Au moment où Sandrine s'étend sur sa serviette, Kim vient s'accroupir près d'elle, l'air agitée.

— Tu ne vas pas nager avec les autres ? demande Sandrine.

— Dans un instant, répond Kim d'une voix tendue. Il faut d'abord que je te parle.

— Qu'est-ce qu'il y a ?

— J'ai vu quelque chose, commence Kim avec hésitation. Je crois que ça peut avoir un rapport avec ce qui t'est arrivé hier soir.

Le cœur de Sandrine se met à battre plus vite.

— Qu'est-ce que tu as vu ? Tu étais là quand ce gars m'a sauté dessus ?

— Non, pas hier. J'ai vu quelque chose aujourd'hui. Je pense savoir qui t'a attaquée.

Sandrine n'en croit pas ses oreilles.

— En es-tu certaine ? Il doit s'agir de la même personne qui a tué J.C.

Kim plisse les yeux.

— Je ne sais pas à propos de J.C. Cette personne est...

Elle s'humecte les lèvres.

— Si je te le dis, tu ne me croiras pas. Mais tu dois m'écouter, insiste-t-elle. Car si j'ai raison, tu cours un grave danger. Et je ne crois pas me tromper parce que...

— Kim Lee! crie une voix jeune sur la plage. Kim Lee, du *Mystique*!

Un jeune Bermudien court entre les serviettes sur le sable chaud.

Kim lui fait signe de la main.

— C'est moi! Qu'est-ce qu'il y a?

Le garçon s'arrête devant elle, les mains sur les genoux pour reprendre son souffle.

— Quelqu'un du bateau veut vous voir tout de suite, dit-il avec un accent anglais.

— Qui? demande Kim.

— C'est urgent, annonce-t-il gravement comme s'il n'avait pas le temps de lui donner plus de détails. Venez dans le stationnement.

Il montre du doigt le monticule de pelouse. Derrière le casse-croûte, le pavillon d'accueil et la cabane de location, s'étend un vaste terrain où l'autobus a déposé les baigneurs à leur arrivée.

Kim paraît perplexe.

— Il n'y a que le directeur des activités sur le bateau qui sait où je suis. Ça doit être terriblement important s'il est venu jusqu'ici pour me parler.

— Mais tu allais me dire qui... commence Sandrine.

— Je reviens tout de suite. Je ne peux pas te

dire qui c'est et partir comme ça, car tu ne me croiras pas. C'est quelqu'un en qui tu as confiance, ajoute Kim qui court déjà en direction de la colline. On en reparle dès mon retour, lance-t-elle par-dessus son épaule.

Sandrine regarde la jeune danseuse en bikini blanc remonter la plage. Une fois en haut de la pente, Kim disparaît derrière le pavillon d'accueil.

Chapitre 3

Kim contourne le pavillon d'accueil et se retrouve dans le stationnement. Un taxi dépose trois passagers. Au volant de leurs mobylettes, un garçon et une fille d'à peu près son âge se dirigent vers la route principale.

Kim regarde autour d'elle. Mais qui a bien pu la faire demander? Elle éprouve une vague sensation de malaise et se dit qu'elle ferait mieux de retourner auprès de Sandrine. Mais s'il est arrivé quelque chose à l'un des membres de sa famille? De plus, elle ne peut pas risquer de se faire congédier pour ne pas avoir répondu à une demande de son patron.

Elle décide donc de faire le tour du stationnement. Si personne ne se manifeste, elle regagnera la plage. Sandrine s'en tirera très bien pendant les quelques minutes où elle sera partie. Avec tous ces gens autour d'elle, il ne lui arrivera rien.

Kim regarde par la vitre de deux taxis immobilisés pour vérifier s'il y a quelqu'un à l'intérieur, mais elle ne voit personne. Elle marche vers l'arrière du stationnement bordé par les récifs de corail. Une fourgonnette grise, semblable à celles qu'on utilise pour les visites guidées, est garée au fond du terrain. Kim s'avance devant le véhicule.

— Y a quelqu'un? crie-t-elle.

— Kim!

Celle-ci reste figée, morte de peur.

— Qui est là?

— Kim, répète la voix. Ici!

Kim fait le tour de la fourgonnette avec précaution en rejetant ses longs cheveux noirs en arrière pour mieux voir. Lorsqu'elle contourne le pare-chocs, elle tombe nez à nez avec une silhouette en maillot de bain.

Le sourire tordu qui apparaît sur le visage devant elle n'a rien de rassurant. Le cœur de Kim bat à tout rompre. La jeune femme se retourne pour s'enfuir, mais avant qu'elle ait pu faire un pas, un objet lourd s'abat sur sa nuque. Kim voit le sol venir à sa rencontre.

Instinctivement, elle lève les bras pour se protéger la tête, mais c'est trop tard. La douleur causée par le second coup est tellement foudroyante qu'elle ne parvient qu'à gémir faiblement avant que le ciel des Bermudes ne devienne complètement noir.

* * *

Satisfaite, la silhouette se penche au-dessus de Kim. Puis ses doigts crispés lancent la roche à la mer par-dessus le récif.

« Tout a failli raté », se dit le mystérieux personnage. Si cet imbécile de garçon était arrivé une minute plus tard, Kim aurait eu le temps de tout raconter à Sandrine. Il lui aurait alors été impossible de tuer Sandrine ou encore d'échapper à la police ; celle-ci n'aurait eu d'autre choix que de l'arrêter pour le meurtre de ce salaud de J.C.

Mais finalement, tout s'est bien passé.

L'agresseur approche son oreille de la bouche et des narines de la fille. Elle est toujours en vie. « Dommage. Mais à bien y penser, ce sera parfait si elle paraît s'être noyée.

« On ne pourra jamais remonter jusqu'à moi pour ce meurtre-là. »

Kim est soulevée sous les aisselles, puis traînée jusqu'au récif. Quelques mètres plus bas, un sentier serpente à la base des rochers. C'est un endroit en retrait de la baie, à l'abri des regards. Aucun baigneur ne viendra s'installer dans ce coin peu attirant.

Quelques personnes se sont aventurées de l'autre côté du récif, mais elles sont trop loin et trop occupées à admirer les poissons pour prêter attention à ce qui se passe sur la butte.

Ce n'est pas chose facile de traîner le corps inerte de Kim sur le récif, mais l'agresseur et sa victime parviennent enfin au bord de l'eau. Le premier saisit fermement Kim par la taille et saute.

Aussitôt que l'eau lui fouette le visage, Kim revient à elle. Elle se débat frénétiquement pendant quelques secondes, mais ses forces l'abandonnent. Quelqu'un lui maintient la tête sous l'eau, la regarde suffoquer et contemple avec satisfaction les dernières bulles d'air qui s'échappent de ses lèvres.

« C'est navrant d'une certaine façon, se dit l'agresseur, car le seul faux pas de Kim a été de découvrir la vérité. C'était une chic fille, une bonne danseuse et une employée modèle au sein des croisières *El Mundo*, pense l'assassin en riant intérieurement. Dommage. »

L'odieux personnage prend une grande inspiration et plonge vers le fond en tirant le corps sans vie derrière lui. Parmi les débris qui jonchent le corail, il repère presque tout de suite un bloc de ciment qu'il pose sur le pied de Kim. De cette façon, on croira qu'elle a plongé et que, coincée, elle a été incapable de remonter.

« Voilà qui est fait. »

* * *

— Avez-vous vu Kim là-haut ? demande Sandrine à Julie et à Marie-France.

Celles-ci reviennent du casse-croûte, un verre de *Coke* à la main.

— Non, répond Julie. Je croyais qu'elle était avec toi.

Sandrine se tourne vers Marie-France qui sirote sa boisson en regardant avec intérêt en direction du récif. Trois garçons rivalisent d'habileté en effectuant des sauts de carpe et des sauts périlleux. La jeune fille plisse les yeux en les observant et son visage s'assombrit.

— Marie? Je t'ai demandé si tu avais vu Kim.

— Mmmm?

— Kim, répète Sandrine. La copine de Julie. Elle s'est dirigée vers le pavillon après que vous êtes parties.

— Non, répond Marie-France sans quitter les plongeurs des yeux. Je ne l'ai pas vue.

— Est-ce qu'elle nous cherchait? demande Julie.

— Non, mais quelqu'un du bateau l'a fait appeler en disant que c'était urgent.

— C'est curieux, dit Julie en enfonçant son verre dans le sable. S'il y a eu un changement concernant le spectacle, on aurait dû m'avertir aussi.

— C'est peut-être personnel, dit Sandrine. Il est peut-être arrivé malheur à un membre de sa famille.

— J'espère que non. Les Lee forment un clan très uni.

— Je ferais mieux d'aller voir ce qui se passe, ajoute Sandrine.

— Si elle n'est pas revenue dans dix minutes, j'irai, dit Julie.

Elle se détourne et suit le regard de Marie-France.

— Ils vont se fendre le crâne à plonger comme ça.

Le trio se trouve maintenant au sommet du récif.

— Est-ce que l'eau est profonde à l'endroit où ils sautent? demande Sandrine.

— Non, répond Julie. Et il y a des branches de corail très pointues juste sous la surface de l'eau. Quelqu'un devrait leur dire d'arrêter avant qu'il y ait un accident.

Marie-France se met à trembler. Tout à coup, elle bondit sur ses pieds et s'enfuit en courant vers le casse-croûte.

— Qu'est-ce qu'elle a encore? demande Julie.

— Je ne sais pas. Elle est vraiment étrange.

Mais elle se demande en silence si les prédictions sinistres de Marie-France, qui semblait croire plus tôt qu'un membre de la bande courrait un danger en venant à Tobacco Bay, pourraient s'appliquer à l'un des garçons.

— Elle me donne la chair de poule, avoue Julie. Au casse-croûte, elle a commandé un *Coke*, puis elle m'a dit d'attendre pendant qu'elle allait vérifier quelque chose. J'ai payé sa boisson et la mienne, mais il s'est écoulé dix minutes avant qu'elle revienne.

— Justement, ne devrais-tu pas aller voir ce que fabrique Kim?

— Tu as raison.

Julie saisit son verre et se lève.

— Je reviens tout de suite.

Sandrine essaie de rester calme et s'abrite les yeux de la main pour regarder la mer. Au même moment, quelqu'un sort de l'eau et s'avance vers elle.

— Salut, dit David timidement. Tu ne te baignes pas aujourd'hui?

— Bien, je...

Sandrine jette un coup d'œil vers l'eau d'un bleu limpide. C'est vrai qu'elle a l'air invitante.

— Tu peux marcher longtemps sans que l'eau ne t'arrive plus haut qu'à la taille, dit David. Viens, essaie.

— Il faut dire qu'il fait terriblement chaud au soleil, admet-elle. Mais j'attends Kim et Julie.

— Elles nous verront dans l'eau.

L'absence inexpliquée de Kim préoccupe Sandrine, mais ça ne sert à rien de rester là à se morfondre. De plus, Julie reviendra d'une minute à l'autre avec Kim ou, du moins, avec une explication.

Sandrine se dit que personne ne volera leurs affaires d'ici le retour de Julie. Elle se lève et rejoint David au bord de l'eau.

Des vaguelettes viennent lui chatouiller les orteils. L'air sent délicieusement bon le sel, les fleurs tropicales et le maïs soufflé qu'on vend au casse-croûte. Sandrine lance un dernier regard vers la butte, espérant voir revenir Kim et Julie. Elle meurt d'impatience d'entendre ce que Kim a à lui dire.

— L'eau est chaude, note-t-elle.

— C'est parfait pour la natation et la plongée, dit David. On peut en faire longtemps sans jamais avoir froid. Viens.

Sandrine avance lentement. Bientôt, l'eau lui arrive à la taille. Elle baisse les yeux pour mieux apprécier la limpidité de l'eau et entrevoit une lueur argentée. Cinq petits poissons passent à toute allure entre ses jambes.

— Tu as vu ça? s'écrie-t-elle d'une voix aiguë. Ce sont des poissons! De vrais poissons!

David rit.

— Il y en a partout dans la baie. Ils n'ont pas peur des gens. Regarde là-bas.

Il désigne les baigneurs équipés de masques qui flottent à la surface de l'eau près du récif de corail.

— Qu'est-ce qu'ils cherchent? demande Sandrine.

— D'autres poissons. Les coraux qui se trouvent là semblent sortis tout droit d'un film de Jacques Cousteau. C'est un spectacle extraordinaire de voir tous ces petits poissons.

— Je n'en doute pas, dit Sandrine dans un soupir.

— Je peux louer des palmes et des masques, si tu veux, propose David avec empressement.

Sandrine lui sourit. Elle a presque envie d'accepter.

— C'est gentil, mais je ne peux pas. Je sais que je paniquerais.

David la dévisage d'un air grave.

— Il doit s'être passé quelque chose de terrible pour que tu aies aussi peur de l'eau, dit-il doucement.

Elle incline la tête.

— Mes cousines et moi étions en voilier sur le lac Champlain. Il y a eu une rafale soudaine. On a chaviré et...

Elle ferme les yeux et revoit le visage bouffi de Brigitte lorsque les sauveteurs l'ont sortie de l'eau.

— Ma cousine s'est noyée. J'ai bien failli mourir aussi, mais j'ai tenu bon jusqu'à l'arrivée des secours.

— C'est épouvantable. Je suis désolé.

Sandrine respire à fond et chasse ses idées sombres. Si seulement il existait un moyen de réapprendre à s'amuser dans l'eau...

— J'ai une idée, dit David.

Sandrine lève les yeux vers lui et tente de refouler ses larmes.

— On pourrait louer l'un de ces radeaux équipé d'un masque. C'est très solide et tu n'as qu'à te coucher et à battre des pieds pour le faire avancer. Pas besoin de nager.

— Et on peut voir les poissons comme ces gens avec un masque ?

Un frisson d'excitation chasse les dernières traces de son chagrin.

— Bien sûr. Encore mieux, même. Le masque est plus gros et donne une vue plus étendue.

Sandrine se mordille la lèvre. Elle ne veut pas passer pour une peureuse devant David et l'idée qu'il a eue lui apparaît comme le compromis idéal.

— Tu resteras avec moi ?

Le jeune officier sourit.

— Bien entendu. Je louerai des palmes et un masque pour moi, et je guiderai le radeau vers les plus beaux endroits. Ça te va?

Sandrine rit.

— Ça me va! Mais seulement jusqu'au retour de Kim et de Julie. Il faut que je parle à Kim.

Quelques minutes plus tard, Sandrine constate que David avait raison. Le radeau est fait de plastique moulé et de polystyrène très dense. Il paraît assez solide pour supporter un éléphant.

Allongée sur le ventre et chaussée de palmes, Sandrine regarde dans le masque en plexiglas.

— *Wow*! fait-elle. Je vois déjà des poissons!

David nage vers elle et s'agrippe au bord du radeau.

— Tu n'as encore rien vu. Approchons-nous du récif. La dernière fois que j'y suis allé, j'ai aperçu des calmars, un ange de mer et les petits poissons bleu et jaune qu'on voit souvent dans les animaleries.

Sandrine est si enthousiaste qu'elle bat des pieds avec énergie. Elle se sent en sécurité et se rappelle qu'après tout, elle est une bonne nageuse en eaux calmes.

Après vingt minutes passées à scruter les fissures du corail, elle se sent plus audacieuse.

— Qu'est-ce qu'il y a de l'autre côté du récif?

— Encore plus de poissons, répond David. L'eau est un peu plus profonde, alors il y a moins de monde.

— Peut-être que certains poissons timides s'y cachent.

— En effet, j'ai vu des spécimens très intéressants de l'autre côté. Mais es-tu certaine d'être prête à sortir de la baie ?

— Est-ce qu'il y a des requins là-bas ? demande-t-elle avec sérieux.

— Non, pas de requins.

— Des barracudas mangeurs de femmes ?

— Non.

David rit.

Sandrine jette un dernier coup d'œil sur sa serviette et décide de continuer encore quelques minutes.

— Allons-y ! dit-elle.

À mesure qu'ils contournent le récif, Sandrine sent l'eau devenir un peu plus froide. Elle se sent un peu craintive, mais elle se dit que David est là et qu'il la protégera. Ne lui a-t-il pas déjà sauvé la vie une fois ?

— Je crois qu'on ne devrait pas aller plus loin, dit Sandrine.

— Ça ira ici.

David met le visage à l'eau et commence à nager en décrivant des cercles.

— Tu as vu quelque chose ? demande Sandrine lorsqu'il relève la tête.

— Juste quelques poissons argent comme ceux qu'on a aperçus tout à l'heure. Ils sont seulement plus gros.

— Où ça? demande-t-elle en regardant dans son propre masque.

— Droit devant toi. Non... Ils ont nagé vers ta droite.

Sandrine bat des pieds pour mieux se placer. Elle aperçoit six poissons de la grosseur d'une grande assiette aux nageoires iridescentes.

— Oh! ils sont superbes! s'écrie-t-elle.

Puis son regard est attiré par une autre forme au fond de l'eau. Elle croit d'abord qu'il s'agit d'une pieuvre ou de plusieurs anguilles. De longs tentacules noirs oscillent dans l'eau et se tendent vers elle. Sandrine laisse échapper un cri.

— Qu'est-ce qu'il y a?

Curieusement, Sandrine est incapable de détacher ses yeux des tentacules; ceux-ci ne semblent pas s'approcher ni s'éloigner, mais paraissent plutôt fixés à un point précis.

— Il y a quelque chose là. Mais je n'arrive pas à distinguer ce que c'est.

— Un poisson? demande David en s'éloignant un peu du radeau pour avoir un meilleur angle visuel. Ou un trésor, peut-être?

Sandrine plisse les yeux.

— L'eau est plutôt trouble à cette profondeur.

Elle agite les jambes pour remuer l'eau. Les tentacules s'agitent férocement dans le courant qu'elle a créé, puis se dispersent pendant un instant.

C'est alors que Sandrine plonge le regard dans les yeux grands ouverts de Kim Lee.

Chapitre 4

Le cri strident de Sandrine résonne dans la baie.
David nage vers le radeau et lui agrippe le bras.

— Qu'est-ce qu'il y a? Tu as peur? Tu veux
retourner sur la plage?

— Là, au fond! sanglote Sandrine qui tremble
de tous ses membres. Il y a une fille qui ressemble
à Kim! Non!

Elle voudrait nager jusqu'au rivage, se recro-
queviller sur le sable et oublier le regard vitreux et
terrifiant qui la fixe. Mais elle sait qu'elle ne peut
pas laisser Kim comme ça.

— Il faut faire quelque chose!

David remonte son masque sur son front et
essuie les gouttes qui coulent dans ses yeux.

— Tu es certaine que ce n'est pas autre chose?

— Oui, je suis certaine!

Sandrine se souvient que sa cousine Martine a
été réanimée par un ambulancier sur la plage,
même s'il n'y avait plus rien à faire pour sa sœur.
Elle doit essayer.

Elle dirige le radeau vers l'endroit où elle a d'abord aperçu son amie.

David nage derrière elle.

— L'eau est profonde ici. Je vais descendre.

Il remet son masque, prend une grande inspiration et plonge.

Dès qu'il disparaît, Sandrine se dit qu'elle n'a pas le choix : Kim a été si gentille avec elle, elle n'a pas le droit de ne pas tout tenter pour la sauver. Elle prend son courage à deux mains, se laisse glisser le long du radeau et plonge à son tour.

David est en train de soulever un bloc de ciment qui retient le pied de Kim. Sandrine nage derrière la jeune femme, passe ses bras autour de sa poitrine et tire. Le corps inerte de Kim se libère. Sandrine bat frénétiquement des pieds et remonte à la surface.

Elle inspire à grands coups et regarde autour d'elle. Le radeau a dérivé. David fend l'eau dans un grand éclaboussement et va tout de suite le récupérer. Sur le récif, les garçons qui s'amusaient à plonger se sont arrêtés et observent la scène.

— Au secours ! crie Sandrine. Allez chercher de l'aide !

Les garçons hésitent pendant un instant. Puis l'un d'eux bondit sur la plage tandis que les deux autres font un saut de carpe dans l'océan et nagent à toute allure dans leur direction.

— Kim ! crie Sandrine en repoussant les cheveux du visage de la danseuse tout en faisant du surplace pour la maintenir hors de l'eau.

Les lèvres de Kim sont exsangues. Ses yeux regardent dans le vide.

— Je t'en prie, Kim! Ne meurs pas!

Sandrine la serre fort et lui frappe la poitrine de son poing. Si elle arrivait à faire sortir l'eau de ses poumons, peut-être que...

Enfin, David et l'un des deux plongeurs empoignent le corps de Kim et le hissent sur le radeau. L'autre garçon saisit la corde du radeau et nage vers la plage.

Horrifiée, Sandrine les regarde s'éloigner. Elle regagne lentement le rivage en pleurant en silence.

Il n'y a plus aucun doute dans son esprit. Kim est morte.

* * *

Sandrine est assise sur la plage et contemple la mer. Elle ne se protège pas les yeux du soleil éblouissant. Elle ne s'inquiète pas non plus de brûler sous ses chauds rayons. Elle se sent tout engourdie. «Presque morte», pense-t-elle.

David s'approche et lui touche doucement l'épaule. Lorsque Sandrine lève les yeux, elle aperçoit un homme à la peau noire qui porte une chemise blanche et un pantalon marine.

— Je suis le détective Morrison de la police de Hamilton, dit l'homme. Tu ne te souviens probablement pas de moi, mais on s'est vus hier soir. Tu étais un peu perdue après que ce gars t'a attaquée. L'officier chargé de la sécurité sur le bateau m'a appelé pour que j'enquête sur l'affaire. Je t'ai posé quelques questions, mais tu n'étais pas vraiment en état d'y répondre.

Sandrine ne dit rien.

— Ce jeune homme m'a dit que c'est toi qui as trouvé le corps.

Sandrine acquiesce et, une fois de plus, ses yeux s'emplissent de larmes. Elle les repousse du revers de la main. « Le corps, répète-t-elle intérieurement. Il a dit ça d'un ton si détaché. J'ai trouvé mon crayon... J'ai trouvé une pièce de vingt-cinq cents... J'ai trouvé le corps sans vie de mon amie... »

Sandrine ferme les yeux, mais elle ne voit que le visage bouffi de Kim. Il a perdu toute beauté et ne porte plus la trace du sourire radieux qui l'éclairait quand elle dansait sur la scène.

— Va lui chercher quelque chose à boire, dit le détective à David.

— Il n'y a que des boissons gazeuses au casse-croûte.

— Ça fera l'affaire.

Sandrine ne sait pas très bien pourquoi il a envoyé David lui chercher à boire. Peut-être qu'il craint qu'elle ne soit déshydratée après être restée assise au soleil pendant tout le temps que la police a mis à arriver et à emporter le corps de Kim. Ou peut-être qu'il veut être seul avec elle pour l'interroger.

— Tu connaissais la fille qui s'est noyée ?

— Oui, répond Sandrine dans un souffle. Elle était très gentille.

— Vous étiez amies ?

— De nouvelles amies, oui. J'ai fait la connaissance de Kim il y a quelques jours à peine, mais on s'entendait très bien. Elle me laissait assister aux répétitions du spectacle de danse qu'elle présentait sur le *Mystique*.

Le détective Morrison ouvre un calepin et commence à prendre des notes.

— Quand l'as-tu vue vivante pour la dernière fois ?

— Moins d'une heure avant qu'on...

Elle fait une pause avant d'ajouter d'une voix étouffée :

— Avant qu'on la trouve.

— Elle était donc avec votre groupe ?

— Oui. Nous sommes allées faire les boutiques entre filles avant de venir ici.

David revient et lui tend un gobelet de carton rouge et blanc.

— C'est de la *root beer*, déclare-t-il.

Constatant qu'elle ne fait aucun geste pour s'en emparer, il approche le verre de ses lèvres et lui en fait boire une petite gorgée. C'est bon de sentir les bulles froides et sucrées descendre dans sa gorge enflammée. Sandrine ne saurait dire si elle a toujours mal à cause de l'agression de la veille, ou si c'est à force de pleurer qu'elle s'est irrité la gorge.

Elle songe à la pauvre Julie. La copine de Kim a eu une violente crise de nerfs en apprenant ce qui s'est passé. Christelle et François ont dû la raccompagner au bateau.

— Raconte-moi comment tu l'as trouvée, poursuit le détective.

L'intensité de son regard rend Sandrine nerveuse.

— N'avez-vous pas déjà posé la question aux garçons qui l'ont ramenée sur...

— C'est toi qui as été la première à voir le corps, l'interrompt-il. Il faut que je sache comment ça s'est passé, où elle était exactement et de quoi elle avait l'air avant que vous la bougiez.

Sandrine avale sa salive à plusieurs reprises avant de réussir à émettre un son. Puis elle lui raconte tout ce dont elle se souvient.

— Kim n'aurait jamais pu se prendre le pied sous ce bloc de ciment, déclare-t-elle à la fin de son récit. Il était beaucoup trop lourd et paraissait avoir été déposé après qu'elle a mis le pied au fond.

Le détective ne fait aucun commentaire et continue à écrire. David se tient à côté de Sandrine, silencieux.

À la fin de l'entretien, Sandrine se sent complètement épuisée. Elle prend le verre des mains de David et le vide d'un seul trait.

— Est-ce que tu es entièrement d'accord avec sa déposition? demande le détective Morrison à David.

Le jeune homme fait oui de la tête.

— C'est toi qui as soulevé le bloc de ciment. La victime n'aurait-elle pas pu se prendre le pied accidentellement?

— Le bloc était assez lourd, mais pas au point que Kim ne puisse pas l'enlever. Je suis convaincu qu'elle aurait pu se libérer si elle avait été consciente, ajoute David.

Sandrine a la nausée.

«Pourquoi Kim? se demande-t-elle tristement. Pourquoi tuer une personne aussi aimable?» À la limite, elle peut comprendre que quelqu'un ait pu vouloir tuer J.C., mais pas Kim! Elle s'en faisait pour elle et voulait la mettre en garde.

— Oui? dit le détective comme s'il avait perçu une question dans l'expression de Sandrine.

Assise sur sa serviette de plage, la jeune fille lève le visage vers lui.

— Kim semblait bouleversée la dernière fois que je l'ai vue. Elle a dit qu'elle savait qui m'avait attaquée hier soir et qu'il fallait que je sache qui c'était parce que je faisais confiance à cette personne.

David fronce les sourcils.

— C'était juste avant qu'on aille nager?

Sandrine fait un signe affirmatif.

— Mais un garçon est venu la chercher en disant que quelqu'un voulait la voir dans le stationnement.

Le détective fait cliquer son stylo à bille, la mâchoire contractée et l'air concentré.

— As-tu vu la personne qui l'a fait demander?

— Non. Kim est disparue derrière le pavillon. Julie et moi étions inquiètes. J'ai voulu aller à sa recherche, mais Julie a dit qu'elle irait. Au bout de dix ou quinze minutes, elle est partie.

— Je vais interroger les employés du casse-croûte, dit le détective.

David s'éclaircit la voix.

— Croyez-vous qu'il y a un lien entre la mort de Kim, celle du garçon sur le bateau et l'agression dont Sandrine a été victime? Après tout, le meurtrier a admis sur la note qu'il avait tué J.C. et qu'il avait l'intention d'éliminer Sandrine. Et voilà que Kim est assassinée juste avant de pouvoir mettre Sandrine en garde contre un suspect.

— Je ne peux rien avancer maintenant, répond le détective d'un ton bourru.

Il promène un regard songeur sur la baie.

Une vingtaine de minutes après que le cadavre de Kim a été ramené sur le rivage, la plage s'est vidée. La plupart des vacanciers sont partis vers d'autres plages à l'atmosphère moins lugubre. Mais Sandrine remarque que d'autres touristes sont arrivés depuis, ignorant le drame qui s'est joué sur la plage de Tobacco Bay il y a une heure à peine. Des petits enfants pataugent dans l'eau peu profonde, tandis que des couples se promènent nonchalamment dans les vagues, se tenant par la main et riant aux éclats.

« Kim ne rira plus jamais... Elle ne marchera

plus jamais main dans la main avec un garçon... »,
pense Sandrine.

Elle enfouit son visage dans ses mains et pleure
doucement.

* * *

Lorsque Sandrine et Édith entrent au café *La
Marée*, Nelson et Tim sont déjà assis à une table
avec Julie. Le batteur a passé un bras autour d'elle
pour la réconforter, mais ça ne semble pas très
efficace. Marie-France et ses amis sont là aussi.
Quelqu'un a posé un bol de bretzels à une extrémité de la table, et une assiette de beignes et de
chaussons à l'autre.

Marie-France engouffre une pâtisserie après
l'autre. Elle en dévore quatre pendant que Sandrine
l'observe en pensant tristement que les gens
réagissent tous différemment au chagrin. Pour sa
part, elle reste silencieuse et se replie sur elle-
même. Marie-France, elle, devient boulimique.

Personne ne dit un mot pendant un long moment.

Étonnamment, c'est Patricia qui rompt le
silence.

— Jusqu'à ce matin, je ne connaissais Kim que
pour l'avoir croisée sur le bateau. Mais après avoir
passé quelques heures avec elle, j'avais l'impression qu'elle faisait partie de la bande.

— On ne peut pas y échapper, marmonne
Marie-France la bouche pleine. On ne rentrera pas
chez nous vivants !

— Arrête, Marie ! chuchote Christelle. Personne n'a envie d'entendre tes prédictions maintenant. C'est sérieux.

— Et moi, tu crois que je ne suis pas sérieuse ? demande Marie-France dont les yeux lancent des éclairs. Je vous avais dit qu'il ne fallait pas aller à Tobacco Bay ! Je vous avais prévenus qu'il se passerait un événement terrible !

Christelle et François échangent un regard embarrassé.

— Elle a raison, dit Christelle. C'est vrai qu'elle nous avait avertis.

— Oh ! arrête ! grogne François.

Patricia agite un doigt réprobateur.

— Pas de chicane, vous deux !

— Vous vous rappelez la note ? demande Édith tout à coup. Marie-France a peut-être raison. Et si c'était seulement le début ? S'il y en avait d'autres qui devaient mourir ?

Sandrine se tourne vivement vers elle.

— Qui devaient mourir ? Qu'est-ce que tu veux dire ?

— Tu as dit que sur la note, on pouvait lire que d'autres mourront, y compris toi, s'ils se montrent déloyaux.

— Ne sommes-nous pas tous déloyaux aux yeux d'un tueur fou ? demande Julie en reniflant.

— Ouais, approuve François. Il croit probablement qu'on veut tous sa peau. Ça s'appelle la paranoïa.

Julie pleure doucement, le visage enfoui dans le t-shirt de Tim.

— J'aurais dû partir à sa recherche plus tôt !

Christelle regarde Julie comme si elle était sur le point de dire quelque chose, mais elle se ravise.

— Je t'ai vue parler avec Kim sur la plage, dit-elle à Sandrine. Elle semblait nerveuse. C'est à ce moment-là qu'elle t'a dit qu'elle savait qui était ton agresseur ?

Sandrine fait signe que oui.

— Et ? dit Édith pour l'inciter à continuer.

— Elle n'a jamais pu me dire qui c'était.

Sandrine baisse les yeux et fixe ses poings serrés sur ses genoux. Elle a mis son uniforme, car elle devra travailler plus tard ce soir.

— Kim a dit qu'elle avait vu quelque chose aujourd'hui qui lui avait permis de découvrir qui m'a attaquée. Je me demande pourquoi elle n'a pas essayé de m'en parler plus tôt. Elle aurait pu le faire quand on faisait des courses ou en arrivant à la plage.

— Elle ne m'a rien dit, mentionne Julie en s'essuyant le nez sur le t-shirt de Tim.

Celui-ci ne semble pas s'en formaliser.

Sandrine réfléchit.

— Peut-être qu'elle a vu ou entendu quelque chose de suspect après notre arrivée à la plage.

— Donc, conclut François d'un air pensif, cette personne devait se trouver à Tobacco Bay.

— Ça ne nous aide pas beaucoup. Il y avait tant

de monde, murmure Sandrine. Pauvre Kim! Elle voulait seulement me mettre en garde.

Marie-France la foudroie du regard.

— Je t'avais prévenue aussi! Mais tu n'as pas voulu m'écouter!

Édith la regarde avec mépris.

— Arrête tes conneries. Personne ne croit que tu peux prédire l'avenir! Ce n'est pas le moment d'essayer de te rendre intéressante!

François signifie son accord d'un signe de tête.

— Je t'ai déjà dit d'arrêter ton baratin. Peut-être que tu l'écouteras, elle.

— Et si tu ne fais pas attention, je te ferai interdire l'accès au bateau! Mon père travaille pour les croisières *El Mundo* et...

— Édith! intervient Sandrine.

Ce n'est pas dans les habitudes de son amie de s'emporter de cette façon.

— Excuse-moi, dit Édith.

Patricia sépare un beigne en deux.

— Je crois qu'il n'y a rien qu'on puisse faire, dit-elle entre deux bouchées.

— Je ne sais pas ce que les autres en pensent, déclare Sandrine, mais moi, je vais faire quelque chose.

Autour de la table, les autres s'agitent sur leur chaise, mal à l'aise.

Nelson prend la main de Sandrine et la serre doucement.

— Tu ne crois pas que tu ferais mieux de laisser les choses telles qu'elles sont?

— Non. Quelqu'un savait que Kim avait découvert qui m'avait agressée. Si elle avait eu le temps de me dire qui c'était, je serais allée directement à la police. Vous ne comprenez donc pas qu'elle est morte en essayant de me sauver ?

— Mais ce n'est pas ta faute si elle est morte, dit Christelle.

— D'une certaine façon, ça l'est. J'aurais dû rester sur la plage et partir à sa recherche en voyant qu'elle ne revenait pas tout de suite. Elle serait peut-être encore en vie si je l'avais fait.

— Ou peut-être que tu serais morte aussi, proteste Édith.

— Peut-être, oui.

Sandrine sirote tranquillement son café.

— Mais je ne peux pas m'empêcher de penser que j'ai une dette envers Kim.

— Qu'est-ce que tu comptes faire ? demande Christelle en fronçant les sourcils.

— Je vais trouver qui l'a tuée. D'une manière ou d'une autre, je vais découvrir ce qui s'est passé aujourd'hui à Tobacco Bay.

— Comment ? demande François d'une voix forcée.

— Je ne sais pas encore, admet Sandrine, mais je vais trouver un moyen.

Nelson lui serre la main.

— Fais attention, Sandrine. Qui que soit le meurtrier, il est dangereux. Il a prouvé qu'il peut tuer quiconque est sur le point de le démasquer.

— Je sais, dit Sandrine dans un souffle. Mais je dois le faire pour Kim.

Chapitre 5

Nelson sort de l'ascenseur et arrive nez à nez avec Tim sur le pont.

— Hé! il faut que je te parle, dit le batteur.

Il jette un coup d'œil rapide autour de lui, comme s'il craignait que quelqu'un ne les entende.

— Après la répétition, dit Nelson sèchement.

— Non, mon vieux! Tout de suite!

Tim se plante devant le chanteur et lui bloque le passage.

— Écoute-moi, Nelson, dit-il tout bas. Il faut que tu leur dises.

— Dire quoi à qui?

Mais son sang qui se fige dans ses veines lui rappelle qu'il ne sait que trop bien à quoi Tim fait allusion.

— Va trouver la police ou l'officier chargé de la sécurité. Comment s'appelle-t-il, déjà? Mitch. Il faut que tu leur racontes ce qui s'est passé.

Nelson tourne les talons, furieux.

— Je ne sais pas de quoi tu parles!

Tim attrape Nelson par la manche de son t-shirt.

— Arrête de faire l'autruche ! Ce n'est pas en faisant semblant qu'il ne s'est rien passé que tu vas régler le problème.

— Ta gueule ! rugit Nelson.

Mais Tim est tellement énervé qu'il saute sur place. Sa longue queue de cheval d'un blond terne bondit dans son dos.

— L'histoire de Corinne finira bien par venir aux oreilles de la police ou de Mitch. Ils n'auront pas besoin de creuser longtemps.

— Je ne l'ai pas tuée ! hurle Nelson.

Tim plaque une main sur la bouche de son ami.

— Mais qu'est-ce que tu fais ? Arrête de crier comme ça !

— Tu as dit qu'il fallait que je parle, proteste Nelson faiblement. Bon sang, Tim ! Tu sais bien que je ne l'ai pas touchée et...

— Que tu l'aies tuée ou non ne fait aucune différence. On parle du présent !

Nelson agrippe la rampe de l'escalier qui monte en spirale jusqu'au pont supérieur. Pendant un instant, il se sent tout étourdi. Les sombres souvenirs du passé envahissent son esprit et menacent de l'engloutir. Il s'était pourtant dit qu'il oublierait complètement Corinne. Mais il a fait la connaissance de Sandrine et...

— Écoute-moi, le supplie Tim. Si tu continues à mentir aux autres et à toi-même, tu en viendras à ne plus savoir ce qui est vrai et ce que tu as inventé dans ta tête de cinglé.

Il inspire profondément et secoue Nelson en le tenant par les épaules.

— Tu m'entends?

— Oui, je t'entends, répond Nelson de mauvaise grâce.

— Bien. Qu'est-ce que tu as dit à la police quand on t'a demandé où tu étais quand cette fille s'est noyée aujourd'hui?

— J'ai dit que j'étais ici en train de répéter.

Tim roule les yeux.

— Mais tu m'as dit que tu étais allé épier ta copine à Tobacco Bay.

— Je n'épiais personne. Disons plutôt que je voulais m'assurer qu'elle allait bien après ce qui s'est passé hier soir.

— Alors pourquoi tu n'es pas allé la trouver pour le lui demander?

D'un geste nerveux, Nelson passe une main dans ses longs cheveux.

— Parce qu'elle était avec cet imbécile d'officier. J'avais peur de perdre mon sang-froid.

— Mais pourquoi tu n'as pas dit à la police que tu étais là?

— Sandrine aurait fini par le savoir. Je n'ai pas envie qu'elle me prenne pour un jaloux maladif!

— Remarque que ce ne serait pas très loin de la vérité.

Nelson lui lance un regard furieux.

— Est-ce que tu étais près de la plage?

— J'étais sur la butte qui surplombe la plage, admet Nelson à contrecœur.

— Mais tu n'as pas vu ce qui est arrivé à la fille qui s'est noyée?

Nelson n'hésite qu'une fraction de seconde.

— Non, je n'ai rien vu, dit-il rapidement.

— Très bien, dit Tim. Alors tu n'as qu'à dire aux flics que tu t'es trompé. Tu étais là, mais tu ne voulais pas que ta blonde le sache parce qu'elle pourrait croire que tu ne lui fais pas confiance.

— Et pour le reste?

— Corinne? Tu dois leur dire aussi. S'ils le découvrent eux-mêmes, ils commenceront à se poser des questions. Ils diront: «Il y a quelque chose de louche dans cette histoire. Ce garçon est passé par-dessus bord et s'est noyé. Maintenant, c'est au tour d'une danseuse et...»

— Et Corinne est morte dans la baignoire, ajoute Nelson.

Il se cache la figure de ses mains.

— Exactement. Tu étais là chaque fois et tu as menti pour te couvrir. Ça fait de toi le suspect numéro un!

— Je suppose que tu as raison.

Tim lui donne une poussée.

— Dis-leur! ordonne-t-il.

Nelson acquiesce faiblement.

— O.K., mais laisse-moi le faire à ma manière.

Chapitre 6

Édith pousse son chariot dans le long couloir du deuxième pont. Elle entre dans les cabines, remplace les serviettes, fait les lits et désinfecte les toilettes. C'est une employée efficace et consciencieuse. Sa mère n'étant pas très bonne ménagère, elle a dû développer de bonnes habitudes pour avoir une maison propre.

Sur ce point, elle ressemble plus à son père. Lui aussi est perfectionniste. Le moindre pépin le met hors de lui.

« Mais je suis plus patiente », pense Édith. Son père souhaitait que tout aille comme sur des roulettes dès le premier jour en mer. Quant à elle, elle est prête à travailler fort pour ne pas le décevoir. Elle ne sort pas d'une cabine tant que celle-ci n'est pas immaculée.

Édith entre dans une chambre et surprend Patricia qui virevolte pour lui faire face.

— P... Pardon, dit-elle en bégayant. La porte

n'était pas verrouillée. Je ne savais pas qu'il y avait quelqu'un.

— Ça ne fait rien, dit Patricia qui enfouit promptement un paquet de papiers dans le tiroir de sa commode. J'allais prendre une douche, mais ça peut attendre.

— Mais non, proteste Édith. Vas-y. Je nettoie la cabine voisine et je reviens après.

Patricia sourit timidement.

— Merci.

Édith l'examine avant de refermer la porte et de continuer son travail. Patricia a l'air plus jeune que les autres amis de Marie-France. Édith est presque certaine d'avoir entendu quelqu'un dire qu'elle vient tout juste d'avoir seize ans.

Elle enlève les draps et les fourre dans le panier de linge sale. «C'est étrange, se dit-elle. Patricia semblait pressée de cacher ses papiers.»

Quinze minutes plus tard, quand elle retourne dans la cabine que partagent Christelle et Patricia, celle-ci est déjà partie. Après avoir verrouillé la porte derrière elle, Édith traverse la pièce jusqu'à la commode.

Elle ouvre le tiroir du haut et aperçoit des piles de sous-vêtements, des barrettes, des bandeaux et autres accessoires pour les cheveux. Mais les papiers que Patricia s'est empressée de cacher ne sont plus là.

Chapitre 7

Christelle est appuyée contre le bastingage du *Mystique* et regarde le port de Saint-George. Les palmiers, le soleil éblouissant et les villas aux teintes de pastel offrent un spectacle magnifique, mais Christelle a la tête ailleurs. Elle a l'impression que François et elle passent leur temps à se disputer et elle en a assez.

Elle jette un coup d'œil vers lui par-dessus son épaule. Il a toujours le nez plongé dans le livre de poche qu'il a commencé à lire ce matin.

— J'aimerais beaucoup qu'on aille dans un des clubs du bateau ce soir, lance-t-elle. Je ne pourrais pas supporter de passer une soirée de plus avec Marie-France.

François fait la grimace.

— Je n'ai pas tellement envie de danser.

— On pourrait au moins aller écouter la musique.

Son petit ami tourne une page de son livre.

— Les groupes ne sont pas très bons, sauf

Réflexe. Et le *Neptune* est toujours plein à craquer, grogne-t-il sans lever les yeux.

« Ça suffit ! » se dit Christelle, furieuse. François ne veut jamais rien faire. C'est comme s'il trouvait toujours de bonnes excuses pour ne pas passer de temps avec elle.

Elle explose.

— Qu'est-ce que tu crois que les amoureux font en croisière ? s'écrie-t-elle. Ils restent assis à lire, peut-être ?

François ferme son livre en soupirant. Christelle sait bien qu'il adore les romans de science-fiction. Mais il n'a pas arrêté de lire depuis l'instant où ils ont quitté la maison.

— Marie-France a besoin de compagnie, répète François pour la ixième fois. Tu sais bien qu'elle se sent misérable depuis quelques jours. Elle n'a pas envie d'aller danser. Ça lui rappelle trop J.C.

— Je sais qu'elle a besoin de compagnie et je me suis montrée attentionnée auprès d'elle. Pat aussi, d'ailleurs. Mais on devrait pouvoir passer un peu de temps ensemble, tu ne penses pas ?

François la dévisage, le regard vide.

Christelle cherche une trace d'émotion sur son visage, mais en vain. Elle éprouve un malaise soudain.

— On sort ensemble depuis presque un an, lui rappelle-t-elle doucement. Mais on finit toujours par sortir avec toute la bande, jamais seuls. Tu ne crois pas qu'il est temps qu'on pense à nous ?

— J'aime être avec nos amis, déclare François en évitant son regard.

— Moi aussi, dit Christelle. Mais pas tout le temps !

Elle pince les lèvres.

— Je veux être seule avec toi pendant quelques heures. Je veux t'avoir rien qu'à moi.

François contemple le port.

— D'accord. On ira au *Neptune*, dit-il sans enthousiasme.

Christelle met les poings sur ses hanches et le regarde d'un œil mauvais, incapable de contenir sa colère une seconde de plus.

— Plus romantique que ça, tu meurs ! Je te déteste, François Leclerc !

Elle s'éloigne comme un ouragan sur le pont en direction de la piscine. Il commence à faire noir et la plupart des passagers sont en train de souper ou de se changer avant de sortir.

Les larmes roulent sur les joues de Christelle. Pourquoi est-ce si difficile d'avoir un petit ami ? Parfois, elle doit téléphoner chez François trois ou quatre fois avant de le joindre. Et depuis quelque temps, il ne l'appelle presque plus.

Ce n'était pas comme ça avant qu'ils commencent à sortir ensemble officiellement, se souvient Christelle. Quand ils étaient seulement amis, il passait beaucoup de temps chez elle. Ils parlaient de tout. Elle assistait à ses matchs de baseball et l'encourageait quand il lançait. Ils étaient de très bons amis !

Mais maintenant, il semble l'éviter. Ils ne marchent plus main dans la main comme avant.

Leur première dispute sur le bateau remonte au soir où J.C. a été tué. Ils étaient sur le neuvième pont et ont vu Marc et J.C. se bagarrer.

Puis Marc a donné un coup de poing à J.C. qui est tombé à la mer. Christelle a été si secouée qu'elle a été incapable de crier. Quand elle a repris ses esprits, elle a dit à François qu'ils devaient vite aller prévenir la sécurité. Peut-être que le capitaine pouvait faire demi-tour et aller repêcher J.C.

— Il faut avertir quelqu'un, avait approuvé François, mais pas un mot à propos de Marc.

Christelle n'en croyait pas ses oreilles.

— Comment ne pas leur parler de Marc? Tu t'imagines qu'on va croire qu'il a sauté de lui-même?

François avait secoué la tête.

— On peut dire qu'on n'a pas bien vu l'autre personne sur le pont à cause de la noirceur.

Il avait hésité.

— Écoute. Marc est mon meilleur ami. Je ne peux pas le dénoncer. S'il a frappé J.C., il devait avoir une bonne raison de le faire. Il n'a certainement pas voulu qu'il passe par-dessus bord!

Christelle avait accepté de ne rien dire à propos de Marc, mais elle s'était sentie coupable de mentir. Puis l'officier chargé de la sécurité avait découvert sans leur aide que c'était Marc qui était sur le pont. Malgré tout, Christelle n'est pas certaine de pouvoir pardonner à François de l'avoir forcée à mentir. Et elle sent que quelque chose a changé du côté de François aussi.

Peut-être qu'il ne l'aime plus. Peut-être qu'il a envie de rompre mais qu'il n'ose pas le lui dire.

Christelle pousse un long soupir.

— Oh! François!

Elle ne veut pas le perdre. Il est si gentil.

* * *

David tient sa casquette derrière son dos, debout devant le bureau du lieutenant Mitchell. Ce dernier lui a demandé d'attendre pendant qu'il reçoit un message par télécopieur.

— Voilà qui est intéressant, dit enfin le lieutenant.

David s'avance pour regarder par-dessus l'épaule de Mitch.

— Ce sont les renseignements que tu avais demandés au sujet de Marc Michaud?

— Oui. La police se fait tirer l'oreille pour le relâcher. Mais maintenant que les enquêteurs ont la certitude que J.C. a été poignardé, ils libéreront peut-être Marc si je peux prouver qu'il a la phobie du sang. Il devra quand même faire face à des accusations de vol.

— Qu'est-ce que ça dit? demande David en désignant la télécopie.

— Ce papier certifie que Marc réagit très mal à la vue du sang. C'est une copie d'un rapport de consultation au nom de Patricia, sa petite amie, qui a été mise au dossier de Marc. Il est signé par le médecin qui a soigné Patricia pour de graves lacérations à la main. Marc a perdu connaissance quand le médecin a enlevé l'écharpe qu'elle avait enroulée autour de sa main et que la plaie s'est remise à saigner. Il a fallu le ranimer et le sortir de la salle avant que le docteur puisse faire les points de suture.

— *Wow*! fait David.

— Ouais... *wow*. La police devrait être convaincue de l'innocence de Marc maintenant. Il est peu probable qu'il ait pu poignarder qui que ce soit. On mentionne aussi dans le rapport que Marc a été pris d'étourdissements lors d'une visite à la clinique pour un vaccin antitétanique.

David regarde le lieutenant s'éloigner du télécopieur. Il a noté que l'appareil reste toujours allumé et qu'il peut recevoir des messages à toute heure du jour ou de la nuit. Une idée lui vient, mais il la met de côté pour le moment.

— As-tu eu des nouvelles de la police concernant la mort de Kim? Il devait y avoir une autopsie, n'est-ce pas?

— Oui. En fait, j'étais sur le point d'appeler le bureau du médecin légiste pour avoir les résultats.

Mitch s'empare du téléphone et compose un numéro. Il s'assoit et pose les pieds sur son bureau.

David tire une chaise et s'assoit en face de lui. Il se dit que Mitch a l'air terriblement jeune installé comme ça, les cheveux ébouriffés par le vent, sans casquette. Il a l'air d'un petit garçon en train de pêcher qui attend que ça morde.

« D'une certaine façon, c'est vrai qu'il pêche, pense David tandis que Mitch parle avec le médecin légiste. Et il veut faire une très grosse prise. »

L'intervention de Mitch lui paraît un peu étrange puisque c'est la police des Bermudes qui est maintenant chargée de l'enquête. Mais le jeune lieutenant semble vouloir éclaircir le mystère des événements tragiques qui sont survenus depuis le départ du *Mystique*.

David comprend un peu comment Mitch doit se sentir. Il n'arrive pas non plus à oublier cette histoire. Il faut dire qu'il a une bonne raison de s'intéresser à l'affaire. Sandrine semble prise au milieu de tout ça et il ne veut pas qu'elle se fasse blesser de nouveau... ou pire encore.

David tressaille en revoyant mentalement la silhouette noire qui traînait Sandrine dans la ruelle à Saint-George. S'il était arrivé cinq minutes plus tard...

— D'accord, merci beaucoup, dit Mitch avant de raccrocher.

David l'interroge du regard.

Perdu dans ses pensées, Mitch se ronge un ongle.

— C'est ce que je craignais, dit-il gravement.

— Elle a été tuée ?

— Pas de doute là-dessus. Le médecin légiste dit qu'il y avait de profondes écorchures sur ses membres. Elle a dû se blesser sur le récif en se débattant dans l'eau pour échapper à son agresseur.

Le cœur de David se serre. « Quelle façon horrible de mourir ! » pense-t-il.

— Comment peut-il être certain qu'elle n'est pas descendue trop loin et qu'elle n'a pas paniqué ?

— Sa copine Julie a dit à la police que Kim était une excellente nageuse. De plus, le médecin légiste a affirmé que si elle avait cherché à remonter à la surface, elle aurait tenté d'agripper le corail. Dans ce cas-là, elle aurait eu des plaies aux mains, et non aux membres.

Mitch hésite.

— Elle portait aussi des traces de coups à la tête. Elle a probablement perdu connaissance.

— Mais elle n'en est pas morte ?

— Apparemment, non. La cause du décès est l'asphyxie par submersion. Elle était vivante quand elle était sous l'eau. Elle respirait et a inhalé de l'eau.

David frémit, de plus en plus ébranlé.

— C'est épouvantable.

— Je suis d'accord avec toi.

— Est-ce qu'on a trouvé des indices qui pourraient permettre d'identifier l'assassin ?

— Si tu penses à des empreintes digitales, oublie ça. Elles ne résistent pas à l'eau. Mais le médecin légiste a prélevé un échantillon de cheveux entre les doigts de Kim. Il a aussi trouvé un morceau de chair sous l'un de ses ongles. Les cheveux ne sont pas les siens, car ils ne sont pas noirs.

— Dans combien de temps aura-t-on les résultats ?

— Pas avant plusieurs jours. Les prélèvements doivent être envoyés à New York pour y être analysés.

« En attendant, songe David, un tueur est en liberté sur ce bateau ! » Plus il en apprend à propos du meurtre, plus il croit savoir qui est le salaud qui a fait ça. Mais il doit d'abord convaincre la police... et Sandrine.

— Pendant qu'on attend les résultats, est-ce que tu peux demander des renseignements sur le compte d'autres personnes ?

Mitch le considère pensivement.

— Tu as quelqu'un de particulier en tête ?

— Oui. Nelson Morrow.

— Le chanteur ?

— Oui. Ce gars-là a l'air bizarre. Dangereux, même...

— N'est-ce pas celui qui t'a devancé quand tu as voulu sortir avec la charmante Sandrine ? demande Mitch avec une lueur malicieuse au fond des yeux.

— Ça n'a rien à voir, insiste David. Je le trouverais suspect même s'il ne sortait pas avec Sandrine. Là où je veux en venir, c'est qu'il n'a jamais prouvé qu'il n'a pas quitté le club pendant la pause le soir où J.C. a été tué. Et je sais aussi qu'il était à Saint-George la nuit dernière quand Sandrine s'est fait attaquer. J'étais là!

Mitch paraît sceptique.

— Et les vêtements noirs que portait l'agresseur?

— Si Nelson avait l'intention de tuer Sandrine, il aurait pu facilement cacher d'autres vêtements pas loin de là, les enfiler par-dessus ceux qu'il portait déjà et s'en débarrasser après l'agression, répond David.

— Et comment expliques-tu ce qui s'est passé à Tobacco Bay? Il prétend qu'il était sur le bateau en train de répéter avec ses amis cet après-midi. La police a interrogé deux autres membres de *Réflexe* et ils ont confirmé ce que Nelson a dit.

— Ils diraient n'importe quoi pour le couvrir. Ces gars-là se serrent les coudes.

— Je ne sais pas trop, David. Je crois que tes sentiments pour cette fille faussent ton jugement. Si j'avais à choisir un suspect, j'opterais pour la petite amie de J.C. Elle a vraiment l'air cinglée.

— Marie-France?

— Exactement. Mademoiselle la tireuse de cartes.

Mitch fait la grimace.

— Je parie que cette fille était déjà timbrée bien avant que ses parents planifient cette croisière. Si tu veux mon avis, elle en a eu assez de prédire des catastrophes à ses amis.

— D'après ce qu'on m'a dit, certaines de ses prédictions se sont réalisées, d'autres non, dit David d'un air songeur.

— Mais si elle provoque les tragédies, elle est certaine d'avoir toujours raison.

David réfléchit.

— C'est vrai qu'elle est bizarre. Mais je continue à penser qu'on devrait se renseigner sur...

Mitch est déjà en train de faire signe que non.

— Je ne peux pas commencer à faire des demandes de renseignements sur le compte de personnes qui n'ont peut-être rien à se reprocher. Pas sans l'autorisation de la police.

David fixe ses mains, impuissant.

— Dommage. Ça signifie que le meurtrier va se balader en toute liberté pendant encore plusieurs jours. On le ramènera peut-être même à New York et il pourra descendre tranquillement du bateau et disparaître. Personne ne connaîtra jamais son identité.

— Espérons que ça ne se passera pas comme ça, dit le lieutenant en se renfrognant.

Chapitre 8

Sandrine a désespérément besoin de se tenir occupée pour ne pas penser à la mort atroce que Kim a connue. Plus elle songe à son amie, plus son imagination lui joue des tours : elle ne cesse d'imaginer des morts toutes plus affreuses les unes que les autres que l'assassin est peut-être en train de préparer pour elle.

Non seulement Sandrine continue de nettoyer les mêmes cabines qu'avant, mais elle demande aussi à sa supérieure si d'autres préposés ont besoin d'aide. La femme lui assigne une dizaine de chambres supplémentaires sur le troisième pont.

Après avoir lavé la baignoire et changé les draps, elle aura tout le loisir de jeter un coup d'œil dans les cabines au cas où elle trouverait un indice lui permettant d'identifier le meurtrier de Kim. Sandrine est convaincue que l'assassin est sur le bateau.

Elle commence par la cabine qu'occupaient Kim et Julie. Cette dernière est tellement bouleversée qu'elle a dû changer de chambre. Tard hier soir, deux danseuses l'ont invitée à partager leur cabine.

Sandrine trouve curieux que la police n'ait pas interdit l'accès à la cabine. Mais peut-être que les enquêteurs sont déjà passés. Bientôt, quelqu'un devra emballer les affaires de Kim et les envoyer à ses parents. Sandrine espère que cette tâche ne lui incombera pas.

Elle passe deux fois plus de temps que d'habitude à faire le ménage de la cabine. Tout en époussetant, elle fouille dans les tiroirs, regarde sous les lits, inspecte les bouteilles de médicaments et scrute les photos de famille et les statuettes sur la commode de Kim.

Sandrine continue à vaquer à son ouvrage en gardant l'œil ouvert, mais elle ne fait aucune découverte intéressante.

Elle termine sa matinée de travail sur le quatrième pont. Édith s'affaire à l'autre bout du couloir. Les deux copines finissent par se rejoindre devant l'ascenseur.

— Il doit bien y avoir un détail qui nous permettra de deviner contre qui Kim voulait me mettre en garde, dit Sandrine tout bas tandis que l'ascenseur descend.

Édith agrippe son chariot et rougit violemment.

— Espèce d'idiote! lâche-t-elle.

Sandrine la dévisage.

— Qu'est-ce que tu as?

— Qu'est-ce que j'ai? Qu'est-ce que j'ai! hurle

Édith qui est maintenant écarlate. C'est toi qui deviens folle! Tu ne dois rien à Kim! C'était une pure étrangère, une simple employée du bateau!

Sandrine n'en croit pas ses oreilles. Édith ne perd jamais son sang-froid. Même lorsque ses parents ont divorcé et que son père est déménagé à New York, elle a réagi avec calme.

— Kim s'est montrée très aimable avec moi, déclare Sandrine. Je l'aimais bien.

— Alors tu veux mourir pour elle? C'est ça?

— Je ne vais pas mourir!

— Oui, tu mourras si tu continues à fourrer ton nez partout au lieu de faire ton travail! Je t'ai déjà dit de te mêler de tes affaires!

Édith éclate en sanglots.

— Je... Je ne veux pas...

— Tu ne veux pas quoi?

— Te perdre! Comme Julie a perdu Kim!

Sandrine serre son amie dans ses bras.

— Je serai prudente, mais je ne peux pas oublier que Kim essayait de m'aider au moment où elle a été tuée.

Édith se dégage brusquement.

— Si tu te fais tuer, ne viens pas me blâmer.

Sandrine rit, même si elle n'a pas vraiment le cœur à ça.

— Si je suis morte, je ne pourrai blâmer personne.

* * *

Une fois dans sa cabine, Sandrine enfile un pantalon de coton blanc, un chemisier corail et des sandales. Elle attache le col de son chemisier avec une jolie broche pour cacher les ecchymoses dans son cou. Quand elle est prête à partir, Édith y va de quelques mises en garde.

— Je ne resterai pas seule, lui promet Sandrine. Personne ne tentera quoi que ce soit s'il y a des témoins.

Édith agite un doigt réprobateur devant elle.

— Mon père dit toujours : «Quand on veut, on peut.»

Sandrine roule les yeux et ferme la porte derrière elle.

Elle flâne dans quelques boutiques du bateau, puis elle s'arrête à la salle de jeux électroniques et tente de se changer les idées en jouant une partie de *Météorites*. Au début, il y a beaucoup de monde dans la pièce et Sandrine ne craint pas de se faire attaquer. Mais lorsque la salle se vide presque complètement une demi-heure plus tard, Sandrine se dirige vers le casino.

Là, tout le monde semble avoir le cœur à la fête. Seuls quelques passagers se trouvaient à Tobacco Bay lorsque Kim a été tuée. La plupart des vacanciers ignorent encore qu'une deuxième mort suspecte hante le luxueux paquebot, et que l'un d'eux pourrait bien être la prochaine victime d'un tueur fou. Le capitaine Aragonis a déjà donné l'ordre au personnel de ne pas dire un mot au sujet de J.C., de l'agression dont Sandrine a été victime et de l'accident à Tobacco Bay.

— C'est terrible, murmure Sandrine en déambulant entre les rangées de machines à sous. C'est comme s'il voulait qu'on fasse semblant qu'il ne s'est rien passé.

Elle ne s'est pas rendu compte qu'elle a parlé tout haut jusqu'au moment où une voix lui demande :

— De quoi parles-tu ?

Sandrine se retourne et aperçoit David appuyé à une machine. L'inquiétude se lit dans ses yeux bruns et chaleureux. Il est très séduisant dans son uniforme blanc.

— De la mort de Kim. De celle de J.C. Regarde-les.

Elle désigne les gens qui font leur entrée dans le casino.

— Ou bien ils ne sont pas au courant, ou alors ils s'en fichent complètement. Ils sont en vacances.

— Ça ne donnerait rien de semer la panique, observe David.

— Les passagers garderaient l'œil ouvert et veilleraient les uns sur les autres s'ils étaient au courant. Ils pourraient même trouver des indices.

— Je crois plutôt qu'ils commenceraient à imaginer des choses. Ça ne ferait que compliquer l'enquête.

Sandrine soupire, irritée par l'attitude de David.

— Alors ? demande ce dernier. Comment tu t'en tires ?

— Bien, je crois. Je regrette seulement de ne pas pouvoir en faire plus pour aider à trouver l'ordure qui a tué Kim.

David paraît sur le point de dire quelque chose.

— Quoi ? demande Sandrine.

— J'ai une idée.

Il regarde autour de lui, mais il y a tellement d'agitation et de bruit dans le casino que c'est peu probable que quelqu'un les entende.

— Je crois savoir comment obtenir des renseignements sur quelques suspects potentiels.

— Comment ?

— Le lieutenant Mitchell a un fax dans son bureau. Il utilise des formulaires spéciaux quand il veut obtenir des renseignements sur le compte de quelqu'un. Il paraît que la majorité des organismes publics acceptent de livrer certaines informations au représentant d'un service chargé de la sécurité.

— Tu crois qu'on pourrait utiliser le fax ?

David hausse les épaules.

— Mitch prétend qu'on devrait laisser la police s'occuper de l'affaire. Officiellement, on n'a plus rien à voir avec l'enquête. Mais Mitch sera absent au cours des deux prochains jours. Il doit se rendre à Montréal en avion pour aller annoncer la mauvaise nouvelle aux parents de Kim et les aider à prendre des arrangements pour rapatrier le corps de leur fille. Il m'a demandé de m'occuper de son bureau et de répondre au téléphone pendant son absence. Ce sera donc facile pour moi d'intercepter les fax qui nous seront envoyés.

Il fait une pause et la considère d'un air grave.

— Est-ce qu'il y a quelqu'un en particulier sur qui tu voudrais obtenir des renseignements?

Sandrine se sent coupable, mais elle ne peut pas taire son intuition.

— Nelson, dit-elle doucement.

David hausse les sourcils.

— Bien. Enfin, tu commences à être raisonnable.

Sandrine lui jette un regard mauvais.

— Je ne dis pas que Nelson a quelque chose à se reprocher, dit-elle avec fermeté. C'est un chanteur très talentueux et d'agréable compagnie. J'ai toujours l'intention de sortir avec lui. Seulement... Il a dit des choses qui me paraissent louches.

— Lesquelles?

— Il a dit qu'il faisait partie du même groupe depuis qu'il était à la polyvalente. Pourtant, j'ai vu une photo de *Réflexe* à *L'Orchidée noire* et ce n'est pas lui qui chante.

— Est-ce que tu lui en as parlé?

— Non, admet Sandrine. Il se comportait bizarrement, comme s'il savait que j'avais vu la photo et qu'il ne voulait pas en discuter.

— J'ai peut-être une explication, dit David. L'an dernier, à Toronto, il a fait un séjour dans un centre de réhabilitation où l'on traite des toxicomanes et des gens souffrant de troubles émotifs. De toute évidence, quelqu'un l'a remplacé pendant qu'il se faisait traiter.

— Il prenait de la drogue? demande Sandrine, estomaquée.

— Je ne sais pas. Nous n'avons pas tous les détails dans son dossier. Mais il devait être drôlement amoché pour y être resté six mois.

Sandrine se demande quelles seront les nouvelles concernant Nelson. Elle lui a promis de sortir avec lui ce soir.

— Je vais envoyer un fax au centre pour voir si on peut me donner plus de renseignements sur son séjour.

Sandrine a une boule dans la gorge et elle est incapable de parler. Elle déteste avoir l'impression de se mêler de ce qui ne la regarde pas. Mais ne vaut-il pas mieux savoir la vérité au sujet de Nelson? S'il a tué Kim, c'est sans l'ombre d'un remords qu'elle ira le dénoncer à la police.

Un nom lui vient à l'esprit.

— Marie-France, dit-elle. Je ne crois pas qu'elle a les pouvoirs psychiques que ses amis lui prêtent. Cette fille doit cacher quelque chose.

— Tu as raison. Elle a l'air bizarre.

David détourne les yeux un instant, puis il dévisage Sandrine.

— Est-ce que Nelson a déjà mentionné qu'il connaissait l'un des membres de la bande de Marie-France avant la croisièrc?

— Non.

— Je me demandais si Marie-France et lui... Elle a probablement beaucoup voyagé avec ses parents. Ils se sont peut-être déjà rencontrés.

— Tu veux dire qu'ils auraient pu comploter de tuer J.C.?

— C'est possible.

David se raidit et regarde à l'autre bout du casino.

— Tout est possible.

Sandrine suit son regard. Un officier vient dans sa direction.

— Je crois qu'on a besoin de toi, dit-elle.

— Oui. Il faut que j'y aille. Mais je vais envoyer les fax dès ce soir et je te tiendrai au courant de ce que je recevrai comme réponse. Sois prudente, O.K.?

— Promis.

* * *

Dès que David est de retour dans le bureau de Mitch, il envoie les deux demandes de renseignements: l'une au centre de réhabilitation de Toronto dont il est question dans le dossier de Nelson, et l'autre au collège que fréquentait Marie-France à Montréal. Puis il s'assoit et remplit cinq autres formulaires au nom de Julie, d'Édith, de Patricia, de Christelle et de François.

«Mieux vaut prévenir que guérir», pense-t-il.

Chapitre 9

Sandrine se réveille le lendemain matin après avoir très mal dormi. Elle a passé plusieurs heures éveillée à fixer le plafond de sa cabine. Si seulement elle pouvait trouver quelques indices...

Comme une autre lettre de l'assassin destinée au mystérieux Annjeelo, par exemple. Ou mieux encore, une feuille vierge du même type. Si elle en apercevait une dans une cabine, est-ce que ce ne serait pas la preuve que la personne qui y loge a écrit la note sur laquelle figurait son nom?

Il y a aussi la chaîne avec laquelle on a tenté de l'étrangler. Son agresseur est reparti avec. Peut-être qu'il l'a jetée à la mer, ou peut-être qu'il l'a gardée dans l'espoir de s'en servir une autre fois. Et qui sait? Elle tombera peut-être sur le symbole d'un culte violent.

«Un culte, se dit-elle. Comme dans les groupes religieux fanatiques.» Elle se rappelle alors les statuettes et les photographies qu'elle a aperçues sur la commode de Kim.

Une fois habillée, Sandrine retourne dans la cabine de la danseuse. Elle examine la photo des parents de Kim ainsi qu'un autre portrait couleur sépia sur lequel apparaît un couple âgé ; probablement ses grands-parents. Ils portent les vêtements traditionnels du Japon : le kimono pour la femme, la robe de brocart pour l'homme. Une croix de bois repose entre les photos et un petit encensoir en laiton répand encore une douce odeur de santal. Il n'y a rien qui laisse croire que Kim faisait partie d'une quelconque secte. Ce ne sont que des souvenirs de famille.

Sandrine quitte la cabine le cœur lourd et verrouille la porte derrière elle. Kim était si talentueuse ! Elle avait toute la vie devant elle. Seul un être désespéré a pu assassiner une fille aussi gentille uniquement pour la faire taire. À cette pensée, Sandrine sent un frisson lui parcourir le dos. Cette même personne veut la tuer aussi. Sandrine doit étouffer l'angoisse qui monte en elle pour parvenir à terminer sa matinée de travail.

À l'heure du dîner, elle cherche Édith des yeux à la cafétéria du personnel. Elle l'aperçoit qui bavarde en riant avec un groupe de stewards. Heureusement, son amie est de meilleure humeur qu'hier.

Sandrine salue Édith d'un signe de la main, mais comme il n'y a plus de place autour de la table, elle décide de ne pas se joindre à elle. Elle saisit un plateau et se met en file pour choisir son repas : une crème de fruits de mer et un croissant à la dinde et au jambon.

Elle jette un regard autour d'elle et aperçoit Julie et David installés dans un coin près d'une longue fenêtre avec vue sur les chaloupes de sauvetage. Un peu plus loin, les eaux bleues du port scintillent sous le soleil de midi.

Julie lève les yeux vers Sandrine lorsque celle-ci s'approche. Elle est si pâle que Sandrine a l'impression de distinguer le contour de son crâne sous la peau fine au-dessus de ses pommettes. Ses yeux sont cernés et son mascara a coulé, comme si elle venait de pleurer. Même ses cheveux roux paraissent sans éclat.

— Salut, dit Sandrine doucement. Je peux m'asseoir ?

David lève les yeux et acquiesce d'un air grave.

— Bien sûr, répond Julie d'une voix tremblante. Assieds-toi. Veux-tu ma salade ? demande-t-elle en poussant son assiette vers elle. Je n'ai pas faim.

— Tu n'as peut-être pas beaucoup d'appétit, mais il faut que tu manges, dit Sandrine.

— Je croirais entendre ma mère.

« Elle aurait sûrement besoin d'elle en ce moment », pense Sandrine.

— Il te faudra des forces pour danser. Est-ce que le spectacle aura lieu ce soir comme prévu ?

Julie fait un signe de tête affirmatif.

— « *The show must go on* », a dit Aragonis.

— Il n'a rien changé à l'itinéraire quand J.C. est mort, ce n'est donc pas surprenant qu'il continue comme si de rien n'était, ajoute David.

Il jette un coup d'œil sur sa montre.

— Il faut que j'y aille. Je suis censé m'occuper du bureau de Mitch pendant son absence.

Sandrine lui sourit.

— À plus tard.

Lorsqu'il s'est éloigné, elle se tourne vers Julie.

— Mange un peu. Tu vas perdre connaissance sur la scène ce soir si tu n'avales rien.

— Je ne sais pas comment on va s'en tirer. Sans Kim, tous les pas devront être modifiés.

Sandrine mord dans son croissant.

— Les spectateurs ne s'en rendront probablement pas compte.

— Peut-être.

Julie mâchonne une feuille de laitue. Son visage s'éclaire soudain.

— Hé! J'ai une idée! Tu pourrais danser à la place de Kim.

Sandrine est sidérée.

— Pas question. Même si je pouvais me rappeler les pas, je ne pense pas que ce serait une bonne idée de la remplacer une journée seulement après sa mort.

Julie la considère avec une tristesse rêveuse.

— Elle t'aimait beaucoup, tu sais. Elle espérait trouver un moyen de te faire danser avec nous. Tu ne penses pas qu'elle serait ravie que tu lui succèdes?

— Tu crois vraiment que je devrais le faire?

— Absolument.

Sandrine pose son croissant et réfléchit. Elle travaille tout l'après-midi, ce qui ne lui laisserait pas beaucoup de temps pour répéter. De plus, elle a promis à Nelson de sortir avec lui. Mais elle est presque certaine que Nelson présente un spectacle à vingt-deux heures.

— À quelle heure est la représentation ?

— À vingt et une heures. Tu auras fini de travailler à ce moment-là, n'est-ce pas ?

— Oui, répond Sandrine avec un peu d'hésitation.

Ça lui laissera à peine deux heures pour sortir avec Nelson. Mais il faudra qu'il comprenne. Non seulement rendrait-elle service à Julie et aux autres danseurs, mais elle aurait l'occasion de danser pour la première fois en tant que professionnelle.

Julie se méprend sur la raison de son silence.

— Je ne sais pas si tu seras payée, puisque tu es volontaire pour remplacer Kim.

— Ce n'est pas ça, s'empresse de dire Sandrine. C'est juste que...

Elle hausse les épaules.

— Je ne sais pas trop comment t'expliquer. Je me sens un peu coupable d'être excitée à l'idée de danser. Ça ne me paraît pas correct de me réjouir dans un moment comme celui-là.

— Je sais, mais ce sera plus facile pour nous tous si tu es là. Au moins, le vide laissé par Kim sera comblé.

Sandrine prend sa décision.

— D'accord, je vais le faire.

Elle finit rapidement son croissant.

— On répète à dix-sept heures ?

— Oui, répond Julie qui mange sa salade avec un peu plus d'appétit. J'apporterai le magnétophone et les cassettes, et j'expliquerai tout aux autres.

* * *

L'après-midi passe très rapidement et Sandrine n'a pas le temps de jouer les détectives. Après avoir fini de faire le ménage des cabines, elle prend une douche et se change. Il n'y a pas une minute à perdre. Elle se dit qu'elle pourra souper à Saint-George, après la répétition, avec Nelson.

À dix-sept heures précises, elle entre au *Diamant*.

On ne peut pas dire que la répétition se passe très bien. Même si Sandrine a mémorisé les pas en regardant Kim, ce n'est pas la même chose d'exécuter le numéro avec d'autres danseurs qui se déplacent autour d'elle. Elle constate à quel point la scène est petite lorsque six personnes tournoient et bondissent en même temps. De plus, le partenaire de Kim, Bobby, semble avoir de la difficulté à se concentrer et la traite plutôt froidement.

Sandrine commence à se demander si le danseur lui en veut parce qu'elle a pris la place de Kim. Pendant la répétition qui dure une heure et demie, c'est à peine s'il lui adresse la parole. Lorsqu'ils ont terminé, pourtant, il se passe une serviette autour du cou et se dirige vers elle.

— C'est dur pour nous tous d'avoir perdu Kim, commence-t-il tristement. Elle était notre leader. C'est elle qui nous poussait à travailler toujours plus fort et à donner le meilleur de nous-mêmes.

— C'était une danseuse formidable, dit Sandrine dont la vue s'embrouille. Je ne lui arriverai jamais à la cheville.

— Ne te sous-estime pas, dit Bobby. Tu as du talent, mais pas encore toute l'expérience qu'elle avait.

Il hésite un instant.

— Je voulais te dire que nous apprécions tous ce que tu fais pour nous. On est contents que tu sois là, Sandrine.

Celle-ci retourne rapidement à sa cabine. Édith a fini sa journée de travail. Son uniforme est pendu dans la garde-robe et une note est collée sur le miroir de la salle de bains.

À tout à l'heure ! Je passe la soirée avec quelques membres d'équipage !

Sandrine espérait qu'Édith viendrait la voir danser. Elle décide de lui laisser un mot au cas où elle rentrerait tôt.

Nelson l'attend dans le grand hall du premier pont. Elle ne l'a pas vu de la journée et ne lui a parlé que brièvement hier soir. Elle se sent un peu embarrassée de sortir avec lui puisqu'elle a avoué à

David qu'elle ne lui faisait pas totalement confiance. Mais si elle veut en apprendre davantage à son sujet, la meilleure façon d'y arriver est de passer du temps avec lui. Bien entourée, cependant.

— Tu te sens mieux ? lui demande-t-il en étudiant son visage. Tu as l'air un peu plus gaie.

Elle fait signe que oui tandis qu'ils se dirigent vers la passerelle qui mène au quai.

— Oui. Je n'ai pas renoncé à trouver qui a tué Kim, mais il est survenu autre chose et il faudra que je sois revenue au bateau à vingt heures trente.

Il la regarde du coin de l'œil.

— Pourquoi ?

— Les danseurs m'ont demandé de remplacer Kim pour le spectacle de ce soir.

Nelson s'arrête et scrute son visage.

— Tu leur as dit que tu le ferais ?

— Bien sûr. Ils comptent sur moi.

Le regard du chanteur s'assombrit.

— Et nous ? Je croyais qu'on allait passer la soirée ensemble ?

Sandrine se raidit. Il ne réagit pas comme elle l'avait espéré.

— Je pensais que tu serais content pour moi. C'est une occasion en or que j'ai là.

— Moi, je trouve ça plutôt déplacé de tirer parti de la mort de cette pauvre fille ! lance-t-il sèchement.

— C'est Julie, la copine de Kim, qui m'a demandé de prendre sa place. J'ai commencé par refuser, mais tous les danseurs voulaient que j'accepte.

Nelson baisse les yeux.

— Il y en aura au moins quelques-uns de contents. Tu as gâché notre soirée.

— Mais non! Pourquoi es-tu si égoïste? Toi aussi, tu dois revenir pour ton spectacle à vingt-deux heures, non?

— Bien sûr, mais c'est toi qui dois rentrer plus tôt! Tu acceptes de sortir avec moi, puis quelque chose survient et tu changes d'avis.

Il a le regard sombre et menaçant. Sandrine recule d'un pas en se souvenant des yeux qui l'ont fixée par les deux ouvertures de la cagoule. Est-ce que c'étaient ceux de Nelson?

— On a quand même le temps de faire une sortie amusante, s'empresse-t-elle de dire. Ce n'est pas une heure de moins qui va changer grand-chose.

Sandrine regarde autour d'elle et aperçoit une rangée de calèches tirées par des chevaux.

— On pourrait faire un tour de calèche et aller manger de la crème glacée au bar laitier de l'autre côté de la rue.

Pendant qu'ils seront dans la calèche, au moins, Nelson n'essaiera pas de s'en prendre à elle.

«Mais qu'est-ce qui m'arrive?» se demande-t-elle tout à coup. À part être jaloux de David, Nelson n'a rien fait de mal. Même s'il a passé six mois dans un centre de réhabilitation, ça ne veut pas dire qu'il est dangereux. Peut-être qu'il a choisi de ne pas lui parler de cet épisode de sa vie parce que ça l'embarrassait trop.

— Qu'est-ce que tu en dis ?

— Tu veux vraiment faire un tour de calèche avec moi ?

Il a l'air flatté.

— Bien sûr. Je t'offrirai la promenade en calèche, et tu m'offriras la crème glacée. Mais je t'avertis : je vais prendre le plus gros *sundae* qu'ils ont, car ce sera mon souper !

Nelson sourit et son visage s'éclaire.

Ils choisissent une calèche blanche aux sièges en cuir rose et à la capote bordée de franges de même couleur. Le cheval est gris pommelé, et il a d'énormes sabots et un museau velouteux que Sandrine caresse un instant avant de s'installer.

Une fois dans la calèche, ils se blottissent l'un contre l'autre. Nelson passe son bras derrière le siège et Sandrine s'appuie sur son épaule.

Bientôt, Sandrine sent ses muscles raidis se détendre. Le bruit des sabots du cheval résonnant sur le pavé berce la jeune fille qui sombre dans un état de bien-être. Elle a travaillé fort toute la journée, puis elle a dansé pendant une heure et demie. Elle est plus fatiguée qu'elle ne le pensait et, peu à peu, elle se laisse gagner par le sommeil.

C'est alors que Sandrine sent les lèvres de Nelson se poser doucement sur sa joue, puis sur sa bouche. Elle sourit, mais garde les yeux fermés. Nelson ne se montre pas trop entreprenant, mais seulement tendre.

Sandrine passe ses bras autour de son cou et

caresse les boucles blondes sur sa nuque tout en lui rendant son baiser.

— Le tour est presque fini, lui chuchote-t-il à l'oreille.

Elle ouvre un œil et constate qu'ils descendent vers le quai.

— C'était merveilleux, murmure-t-elle.

«Nelson ne peut pas être un meurtrier, se dit-elle. C'est impossible. Bien sûr, il est un peu colérique, mais ce n'est pas si étonnant chez un chanteur rock habitué à tout faire à sa façon.»

Sandrine continue à le caresser et ses doigts effleurent soudain un objet dur et métallique dans son cou. Elle lève les yeux et fixe le pendentif au bout de la chaîne.

— Qu'est-ce que c'est? demande-t-elle tout bas.

— Quoi?

— Cette chaîne autour de ton cou?

Nelson se raidit.

— Rien! répond-il froidement en boutonnant sa chemise pour cacher le pendentif.

— Comment ça, rien? insiste Sandrine. J'ai cru voir un cœur ou un serpent dessus.

— C'est un cadeau d'une vieille copine.

— Une de tes anciennes blondes? demande Sandrine en se redressant sur le siège.

— On pourrait dire, oui.

— Est-ce que tu la vois encore?

— Non! s'écrie Nelson. Elle... elle n'est plus

dans le coin. Je... Laisse tomber. Je n'ai pas envie d'en parler.

Il lui prend la main et l'aide à descendre de la calèche avant de traverser la rue vers le bar laitier.

Quelques minutes plus tard, Sandrine et Nelson sont assis sur la terrasse et mangent leur crème glacée. Mais Sandrine ne goûte rien. Il lui apparaît maintenant évident que Nelson lui cache plusieurs choses.

Elle se souvient aussi d'une conversation avec David au cours de laquelle ils ont évoqué la possibilité que l'assassin fasse partie d'une secte dangereuse dont le maître s'appellerait Annjeelo. N'y a-t-il pas des lettres gravées sur le pendentif de Nelson ? Sandrine regrette de n'avoir pas pu l'examiner plus longtemps. Si elle avait pu lire un nom...

Elle a le cœur brisé tandis qu'elle remonte la passerelle à vingt heures trente. « Nelson, pense-t-elle avec désespoir tout en lui tenant la main. Dis-moi que ce n'est pas toi ! » Mais ne l'a-t-elle pas soupçonné depuis le début ? Tout ce qui tourne autour du chanteur est à la fois trop beau et trop étrange pour être vrai.

— On se revoit plus tard, après les spectacles, dit-il.

— Oui, dit-elle d'une voix faible. Plus tard.

Mais Sandrine sait qu'elle n'ira pas le rejoindre ce soir. Elle a trop peur de lui, et de ce qu'il pourrait lui faire.

Chapitre 10

Sandrine se tient derrière le rideau en compagnie de Julie et écoute les blagues éculées de l'animateur. «Il n'a aucune chance de passer au festival Juste pour rire, celui-là», se dit-elle.

Enfin, l'animateur a terminé son petit numéro et présente la troupe des danseurs du *Mystique*, sans toutefois mentionner qu'il y a eu substitution.

La musique est rapide et rythmée. C'est un orchestre qui joue cette fois, et non une cassette.

Aveuglée par les projecteurs, Sandrine n'arrive à distinguer que les premières rangées de sièges. Mais elle devine en écoutant la foule que la salle est pleine à craquer. Pendant quelques secondes d'enfer, elle se dit qu'elle n'arrivera pas à se souvenir des pas. Cependant, ses pieds n'ont rien oublié, eux, et elle se met à danser tout naturellement.

— Tu t'en tires très bien, lui dit Bobby à l'oreille en la rattrapant et en la levant haut dans les airs. Détends-toi.

À partir de ce moment-là, Sandrine se sent comme un poisson dans l'eau.

Elle se rend compte qu'elle adore se trouver sur la scène entourée de danseurs talentueux. Elle éprouve malgré tout un peu de culpabilité : la voilà qui danse, bien vivante, alors que Kim est morte. Elle prend la décision de dédier cette soirée à son amie.

Sandrine ne rate que quelques pas durant tout le spectacle et les autres danseurs la couvrent si bien qu'il est peu probable que les spectateurs aient remarqué quoi que ce soit. Une fois le numéro terminé, elle s'éponge avec une serviette et tente de reprendre son souffle dans les coulisses.

Julie vient vers elle.

— Tu as été super, dit-elle. Merci.

— C'est moi qui te remercie de m'avoir proposé de me joindre à vous. J'ai enfin l'impression d'être une vraie danseuse ! Une pro !

— C'est une façon agréable de gagner sa vie, dit Julie.

L'air vidée, elle s'assoit sur un tabouret.

— Est-ce que ça va ? demande Sandrine.

— Je n'arrête pas de penser à Kim. C'est plus fort que moi. Pendant tout le spectacle, je m'imaginais qu'elle allait bondir sur la scène comme elle le faisait toujours. Mais elle n'est pas venue.

Julie se cache la figure dans ses mains et pleure sans bruit.

Sandrine lui touche l'épaule.

— Ça prendra du temps avant que tu arrêtes de la voir partout.

Elle inspire profondément.

— On n'est pas obligées de l'oublier, tu sais. Si on ne peut pas danser avec elle, on peut danser pour elle. C'est ce que j'ai décidé de faire ce soir.

Julie renifle, mais ne lève pas les yeux.

— On peut aussi trouver qui l'a tuée et s'assurer que cette personne paiera pour le crime qu'elle a commis, ajoute Sandrine doucement.

Julie se redresse. Une lueur de haine brille dans ses yeux verts.

— Si je savais qui a fait ça, je le tuerais, déclare-t-elle tout net. Je le ferais souffrir pour qu'il sache ce qu'elle a enduré. Il me supplierait d'arrêter, mais je lui rirais au nez. Je lui rirais au nez et je le tuerais, parce qu'il a tué Kim!

— Tu ne parles pas sérieusement, dit Sandrine, choquée. Tu sais que tu ne pourrais pas tuer quelqu'un, Julie. Ce serait déjà un soulagement de savoir que la police a attrapé le meurtrier et qu'il restera en prison jusqu'à la fin de ses jours.

— Non, dit Julie avec fermeté. Ce ne serait pas suffisant pour ce qu'il lui a fait.

Elle cligne des yeux pour chasser ses dernières larmes et serre les dents.

— Tu ne comprends pas. Elle était une sœur pour moi. Non... Encore plus qu'une sœur. Elle s'occupait toujours de moi. C'est elle qui m'a trouvé cet emploi, qui me protégeait des gars peu recommandables... Elle m'a même prêté de l'argent pour que je puisse prendre l'avion et assister au mariage de ma sœur.

— Mais ni toi ni moi ne pourrions saisir une arme et tuer quelqu'un intentionnellement, dit Sandrine en observant l'expression de Julie.

Cette dernière la dévisage.

— Tu crois que tu ne pourrais pas, mais si c'était pour venger un être cher ou pour te défendre, tu le ferais. Si tu sentais le couteau dans ta main ou la détente d'un fusil sous ton doigt, et si tu savais que le type en face de toi mérite de mourir parce qu'il est le diable en personne et qu'il pourrait s'en prendre à d'autres gens, tu le ferais. Tu le ferais! répète-t-elle.

— J'espère que je n'en arriverai jamais là.

Elle sent son estomac se nouer à cette pensée.

— Je souhaite seulement que l'assassin soit arrêté et puni comme il se doit.

Julie soupire.

— Comme il se doit... Parfois, ce n'est pas suffisant.

* * *

Sandrine sort du *Diamant* vers minuit. Sachant que le spectacle de *Réflexe* ne sera pas terminé avant encore une heure, elle décide de maintenir sa décision et de ne pas revoir Nelson ce soir.

Elle laissera plutôt une note sur la porte de sa cabine. Il s'y arrêtera probablement pour prendre une douche avant d'aller la rejoindre au bar. Elle écrit donc sur un notocollant:

Désolée, Nelson. Je suis morte de fatigue. Peut-être une autre fois.

«C'est un peu froid comme message», se dit Sandrine. Mais elle est incapable de faire preuve de plus de chaleur. Ce sont peut-être les mains de Nelson qui ont enfoncé le couteau dans la poitrine de J.C., qui ont tiré sur la chaîne qui a failli l'étrangler, et qui ont maintenu Kim sous l'eau jusqu'à ce qu'elle cesse de respirer.

Sandrine frémit en songeant à ce qu'il est peut-être en train de comploter.

Elle ajoute ses initiales, colle le message sur la porte et se dirige vers sa cabine.

Édith est déjà rentrée.

— J'ai vu la fin du spectacle, dit-elle en enlevant sa robe de soirée. Tu as été formidable.

— Merci, marmonne Sandrine distraitement.

Elle pense toujours à Nelson.

— Je t'ai vue danser souvent, mais jamais comme ça.

Édith paraît songeuse, comme si elle voulait ajouter quelque chose mais n'osait pas.

Sandrine se doute de ce qui la tracasse. Édith vient probablement de se rendre compte que son amie finira par quitter Hull un jour. Elle ira travailler dans les grandes villes où se jouent les comédies musicales: New York, Las Vegas, Atlantic City, Los Angeles... Cet aspect de sa future carrière ne lui sourit guère non plus. Ses amis et sa famille lui manqueront. Mais Sandrine se dit qu'Édith et elle trouveront bien le moyen de se voir. Il le faut. Elles ont toujours été amies, et rien ne pourra changer ça. Pas même le fait de devenir adultes.

— Merci, répète Sandrine. Et toi? Est-ce que tu t'es bien amusée?

— Oui. On a beaucoup dansé. Nelson et ses amis étaient déchaînés.

Édith bâille bruyamment.

— Je suis épuisée, dit-elle. Je vais me coucher. On parlera demain, O.K.?

— Bien sûr. Pas de problème.

Sandrine avait envisagé de lui parler de Nelson, mais elle décide d'attendre. Son amie ne ferait que s'alarmer davantage; elle pourrait même paniquer comme la veille.

Lorsque Édith entre dans la salle de bains, Sandrine s'empare du téléphone et appuie sur trois touches pour joindre le bureau de Mitch. Elle espère que David répondra et qu'elle pourra lui parler du pendentif de Nelson. Mais la ligne est occupée. Sandrine se demande s'il s'agit de celle qui est utilisée pour le télécopieur. David est peut-être en train de recevoir des renseignements importants à l'instant même. Elle ira le voir demain matin à la première heure.

Après s'être déshabillée, Sandrine se glisse sous les couvertures et éteint la lampe de lecture au-dessus de son lit.

Elle s'endort et rêve de couteaux, d'eau qui s'infiltre dans ses poumons et de la terrible affirmation de Julie : « Si tu devais tuer quelqu'un, tu le ferais. » Et dans le secret de son âme, elle sait que parmi toutes les frayeurs qui l'habitent, celle-là est la pire : trouver une arme dans sa main et n'avoir d'autre choix que de s'en servir pour sauver sa peau !

* * *

Le bruit de coups lui paraît d'abord venir de très loin. Sandrine imagine qu'elle a mal à la tête ou que quelqu'un la secoue violemment et lui frappe le crâne contre un mur de ciment.

Mais elle se réveille à temps pour voir la porte de la cabine vibrer sous les coups.

— Ouvre cette foutue porte ! gronde une voix dans le couloir. Sandrine, ouvre ! Tout de suite !

Elle reconnaît immédiatement la voix furieuse de Nelson. Elle se frotte les yeux et s'assoit sur le bord de son lit, ne sachant trop que faire.

— Qu'est-ce qui se passe ? demande Édith tout endormie.

Sandrine allume la lumière.

— Je ne sais pas. C'est Nelson.

— Il a l'air hors de lui.

Édith s'adresse au chanteur en criant.

— Ferme-la ! On essaie de dormir ici !

— Qu'est-ce qui t'a pris de me laisser tomber ? demande Nelson d'une voix rugissante.

Édith se recouche et se met un oreiller sur la figure.

— Il est ivre, grogne-t-elle d'une voix étouffée. Dis-lui de s'en aller.

— Si tu crois que j'avais l'intention de le laisser entrer !

La colère de Nelson est impressionnante, mais la porte a l'air solide. Sandrine est convaincue qu'il ne parviendra pas à l'enfoncer.

— Nelson, je suis désolée, crie-t-elle. Je t'expliquerai tout demain matin. Va te coucher.

Les coups s'arrêtent et pendant un instant, Sandrine croit qu'il est parti. Puis elle entend une sorte de grattement, ou plutôt le frottement du plastique contre le métal. En une fraction de seconde, elle comprend qu'il a réussi à se procurer un passe-partout.

Horrifiée, elle bondit hors du lit et cherche du regard quelque chose qu'elle pourrait pousser devant la porte. Mais il n'y a rien. Tous les meubles sont vissés au plancher pour éviter qu'ils ne se déplacent quand la mer est agitée.

Sandrine se précipite sur le téléphone, priant pour que la ligne du bureau de Mitch ne soit plus occupée.

Mais avant qu'elle ait pu appuyer sur le premier chiffre, Nelson fait irruption dans la pièce et claque la porte derrière lui. Même dans la pénombre, son visage paraît cramoisi.

— N... Nel... Nelson, bégaye-t-elle. Je ne peux pas te voir maintenant. S'il te plaît...

— Tu ne sais pas ce que tu veux, hein ? dit-il.

De toute évidence, il a du mal à articuler et il n'arrive pas à fixer ses yeux sur elle.

— Vous, les filles, vous ne savez pas ce que vous voulez. Vous vous acharnez sur un gars et vous le réduisez en morceaux !

— De quoi parle-t-il ? demande Édith.

— Je n'en ai aucune idée !

— Ne joue pas les innocentes avec moi ! Tu trouves un gars, tu t'assures qu'il est bien accroché, tu fais semblant d'avoir envie de lui, puis tu l'envoies promener comme s'il ne comptait pas pour toi !

— Nelson, je t'en prie ! Je ne sais pas de quoi tu parles, mais je tiens à te dire que je n'ai pas voulu te blesser. Je ne peux pas te voir ce soir. On en reparlera demain.

Demain, quand David ou un autre officier pourra assister à la conversation. Elle a fait confiance à Nelson une fois, mais c'est fini. Il n'a plus toute sa tête et il parle comme un fou dangereux.

Sans avertissement, le chanteur se jette sur elle et la cloue à son lit. Sandrine se débat, mais elle n'arrive pas à se dégager.

— Nelson ! hurle-t-elle. Arrête ! Tu me fais mal aux poignets !

— Je te fais mal ? lui crie-t-il en plein visage. Je devrais te tuer pour t'être payé ma tête comme ça ! Tu mériterais de mourir pour ce que tu m'as fait !

Sandrine entend les cris d'Édith qui s'acharne dans le dos de Nelson pour lui faire lâcher prise.

— Laisse-la tranquille ! Lâche-la !

Nelson ne l'écoute pas et continue à crier des accusations insensées.

Soudain, quelqu'un écarte Édith de là puis saisit Nelson à bras-le-corps.

Sandrine hurle comme une forcenée tandis que deux des amis de Nelson entraînent le chanteur vers la porte.

Tim se penche vers elle, l'air anxieux, et se tourne vers les deux musiciens.

— Ramenez-le à la cabine, dit-il.

Sandrine se dresse sur un coude et s'efforce de reprendre son souffle entre deux sanglots.

— Merci... Pourquoi a-t-il...

— Tout va bien maintenant, dit Tim. On va s'occuper de lui. Je suis désolé. Ça va?

— Tu vois bien que ça ne va pas, espèce d'idiot! lance Édith. Regarde-la! Ton copain était en train de la battre et tu fais comme si elle s'était cogné un orteil!

Sandrine lève la main en signe de protestation.

— Non, attends. Nelson ne m'a pas frappée. Il a seulement crié.

— Qu'est-ce que tu racontes? Je l'ai vu te maintenir sur le lit avec l'envie de tuer au fond des yeux! Il a dit qu'il voulait te tuer! Pourquoi cherches-tu à l'excuser?

— Je ne l'excuse pas, dit Sandrine d'une voix tremblante, maintenant debout entre les deux lits. Je veux simplement savoir pourquoi il a explosé comme ça.

Elle se tourne vers le batteur.

Celui-ci se mordille la lèvre et regarde autour de lui, l'air nerveux.

— Écoute. L'important, c'est que tu n'aies rien. Nelson a pris un verre de trop parce que ça l'a déprimé de voir que tu ne venais pas le rejoindre. Il a perdu son sang-froid. Ça arrive, non?

— Pas comme ça, non, dit Sandrine. Il m'a terrorisée.

— C'est un gars correct, crois-moi, insiste Tim. Il a eu une saute d'humeur, c'est tout.

Il recule déjà vers la porte.

Sandrine s'empare du téléphone et s'apprête à composer le numéro de la sécurité.

Tim a l'air affolé. Il s'élance vers elle et lui arrache le combiné.

— Qu'est-ce que tu fais?

— J'appelle la sécurité. Nelson s'est introduit dans ma cabine et m'a attaquée. Je vais rapporter l'incident.

— Ne fais pas ça, s'il te plaît, la supplie le batteur.

— Et pourquoi pas? demande Édith. Il aurait pu mettre ses menaces à exécution et la tuer. Il aurait pu la tuer là, sous mes yeux, si vous n'étiez pas arrivés!

Ses yeux brillent d'une lueur sauvage et Sandrine se dit qu'elle a dû avoir aussi peur qu'elle.

— Écoutez, dit Tim d'une voix apaisante. Nelson a déjà eu des ennuis auparavant. Mais on ne peut rien lui reprocher depuis presque un an. Le groupe va bien, Nelson chante mieux que jamais et vous ne pouvez pas imaginer tous les contrats qu'on nous a offerts. Il y a même un producteur de New York qui nous a parlé de faire un CD.

— Quel est le rapport avec ce qui vient de se passer?

Tim passe une main dans ses cheveux rebelles.

— Il faut que tu comprennes. Il fait beaucoup d'efforts. Il a été très ébranlé à cause d'une fille et...

— Celle qui lui a donné le pendentif qu'il porte? l'interrompt Sandrine.

Le batteur la regarde, puis il s'humecte les lèvres et serre les dents, comme s'il en avait déjà trop dit.

— Il est arrivé un malheur à cette fille, hein? demande Sandrine.

La peur lui glace le sang.

— Qu'est-ce qu'il lui a fait, Tim?

— Est-ce qu'il a tué l'une de ses blondes? demande Édith en écarquillant les yeux de frayeur derrière Sandrine.

Tim fait signe que non tout en reculant vers la porte. Il est devenu blanc comme un drap.

— J'ai déjà trop parlé. Oubliez ce qui s'est passé cette nuit. Je vous promets de l'avoir à l'œil. On va s'arranger pour qu'il ne fasse pas d'autre bêtise. Ça ne se reproduira plus.

— Réponds-moi! s'écrie Sandrine. Qu'est-ce qu'il a fait?

Tim la considère gravement dans l'embrasure de la porte.

— Nelson a eu plus d'ennuis qu'il ne le méritait. C'est tout ce que je peux dire. C'est vraiment un bon gars. Si tu ne veux pas foutre toute sa vie en l'air, ne dis rien à propos de cette nuit.

Il ferme la porte et Sandrine entend ses pas qui s'éloignent dans le couloir. Elle a l'impression de s'être changée en statue de sel. Elle fixe la porte et se laisse imprégner des paroles de Tim :

« Ne dis rien à propos de cette nuit. »

Chapitre 11

Édith marche jusqu'à la porte et ramasse la carte passe-partout que Nelson a laissée tomber.

— Je me demande où il a eu ça.

— Qui sait ? dit Sandrine.

Le plus important pour elle n'est pas de savoir comment il est entré, mais pourquoi il a réagi de façon aussi violente à cause d'un rendez-vous manqué.

Elle se retourne et aperçoit Édith assise sur son lit, le téléphone sur ses genoux.

— Qu'est-ce que tu fais ?

— Qu'est-ce que tu crois ? J'appelle la sécurité.

— Non, dit Sandrine.

Édith roule les yeux.

— Tu ne vas pas avaler cette histoire larmoyante à propos des malheurs de Nelson, hein ?

— En me levant, j'irai trouver David et je lui raconterai ce qui s'est passé, promet Sandrine. Il pourra faire un rapport au lieutenant Mitchell à son retour. Pour le moment, tout va bien. Je suis certaine que Nelson va dormir comme un bébé jusqu'au matin. De toute façon, ses amis vont l'avoir à l'œil dorénavant.

— Tu es complètement cinglée! s'écrie Édith. Il essaiera de nouveau, tu verras! Il va attendre le moment propice et te tuer, comme il l'a dit!

— Je t'ai dit que j'allais rapporter l'incident en me levant, répète Sandrine.

Malgré tout, elle n'est pas convaincue que c'est une bonne idée. Nelson était menaçant, d'accord; mais elle a perçu un profond chagrin et du regret dans ses yeux, même quand il la maintenait de force sur le lit. Elle doute qu'il puisse avoir l'instinct d'un tueur.

Tant de questions sont restées sans réponses. Est-ce que Tim disait la vérité en laissant entendre que Nelson a déjà eu des ennuis avec une fille? Est-ce cette même fille qui lui a donné l'étrange pendentif? Et est-ce que les ennuis dont Tim a parlé avaient rapport avec le fait que Nelson a fait un séjour dans un centre de réhabilitation?

En voyant qu'elle ne venait pas le rejoindre, peut-être que Nelson a été profondément blessé. Il a beaucoup crié, mais Sandrine n'a pas une égratignure.

À moins que... Elle porte la main à son cou. À moins que ce ne soit Nelson qui l'ait attaquée à Saint-George, l'autre soir...

— Très bien. Je ne ferai rien cette nuit, déclare

Édith à contrecœur. Mais dès le lever du soleil, je porte plainte auprès du capitaine et je fais mettre par écrit tout ce que Nelson a dit et fait. Comme ça, s'il t'arrive malheur, la police saura qui est le coupable !

Sandrine ne discute pas.

Elle s'effondre sur son lit, cale sa tête sur son oreiller et remonte les couvertures sous son menton. Elle contemple le plafond, puis ferme les yeux. Bientôt, la respiration régulière d'Édith indique qu'elle s'est endormie.

Sandrine, elle, ne ferme pas l'œil de la nuit.

* * *

Au petit matin, elle enfile son uniforme et va déjeuner à la cafétéria du personnel en compagnie d'Édith.

— Je te promets de mettre David au courant de ce qui s'est passé cette nuit, dit Sandrine à la fin du repas.

— Bien. Moi, je vais écrire une note au capitaine.

Sandrine prend une grande inspiration.

— Pour la dernière fois, je te demande de ne rien dire à propos de Nelson.

Édith fait la grimace.

— Désolée, mais je ne pense pas que tu agis de façon bien logique depuis quelques jours. Nelson a l'intention de te tuer. Si tu refuses de l'admettre, tu vas devenir une cible facile pour lui.

Sandrine ne reconnaît plus son amie. Normalement, Édith n'aurait pas protesté, même si elle avait cru que Sandrine courait un réel danger.

Mais peut-être qu'Édith a raison. Ce n'est pas suffisant de prévenir David. Après tout, il n'est pas vraiment un officier chargé de la sécurité. Il n'a pas le pouvoir d'arrêter Nelson ni de l'interroger au sujet des événements de la nuit dernière. Quant à Mitch, il ne sera pas de retour avant un jour ou deux.

Mais même si elle ne fait plus confiance à Nelson, Sandrine ne peut s'empêcher de penser que, malgré sa rage et les quelques bières qu'il avait ingurgitées, Nelson ne l'a jamais frappée. Il a été brusque et l'a engueulée, mais sans plus.

Elle trouve David sur le premier pont, près de la passerelle. Il discute avec l'officier qui remplace le lieutenant Mitchell pendant son absence. Quand ils ont terminé, David se dirige vers l'ascenseur. Sandrine court derrière lui pour le rejoindre.

— Hé! fait David en l'apercevant. J'allais justement te voir. J'ai reçu des fax hier soir.

— Alors?

— Je n'ai pas appris grand-chose.

Il la regarde avec admiration.

— Je parie que ce que tu as à me dire est pas mal plus excitant. Il paraît que tu as fait un malheur au *Diamant* hier soir!

— Ne parle pas de malheur.

— Des membres d'équipage parlaient de toi ce matin au déjeuner. Ils ont dit que tu dansais comme une professionnelle et que tu avais ta place dans la troupe.

Sandrine sourit humblement. En d'autres circonstances, elle aurait été ravie du compliment. Mais ce matin, elle ne pense qu'à Kim et n'arrête pas de se demander si Nelson a quelque chose à voir avec sa mort.

Elle agrippe David par la manche de son uniforme et l'entraîne à l'écart, loin de l'ascenseur.

— Qu'est-ce que disaient les fax ? Est-ce que tu as appris du nouveau au sujet de Nelson ?

David fronce les sourcils.

— Est-ce que ça va ? Tu as l'air angoissée.

— Ça va. Alors, les fax ?

— J'ai reçu des renseignements sur Julie, François et Christelle.

Sandrine est surprise.

— Je croyais qu'il n'y avait que Nelson et Marie-France qui t'intéressaient.

— Au début, oui. Puis je me suis dit qu'il valait mieux être rigoureux.

— Qu'est-ce que ç'a donné ?

— Rien, répond David. Ce sont des jeunes tout à fait normaux. Ils réussissent mieux que la moyenne et font partie des clubs habituels : Julie était dans les guides et sa sœur en fait toujours partie. François a une collection de timbres, tandis que Christelle collectionne les figurines en verre. Ce sont les licornes qui la fascinent le plus.

Sandrine l'écoute d'une oreille distraite.

— Et rien à propos de Nelson ?

— Non. Pas encore.

— J'ai quelque chose à te dire à son sujet, commence Sandrine. Il a eu des ennuis avec une fille il y a environ un an, je crois.

— Quel genre d'ennuis ?

— Je ne sais pas. Il s'est pointé dans ma chambre la nuit dernière et il était incohérent.

— Qu'est-ce que tu veux dire par là ?

— Il avait bu et il était furieux contre moi parce que j'ai annulé mon rendez-vous avec lui.

Elle n'a pas envie d'en dire davantage, mais elle sait qu'Édith tiendra sa promesse et portera plainte. David finira bien par tomber sur le rapport, de toute façon. Autant lui donner sa version des faits tout de suite avant qu'il lise les commentaires hystériques d'Édith.

Sandrine respire à fond et poursuit son récit. Quand elle a terminé, David la dévisage.

— Je ne peux pas croire que tu ne m'as pas appelé tout de suite, dit-il. Édith a raison. Nelson est dangereux et imprévisible.

— Peut-être, mais je n'en suis pas sûre. Il traverse peut-être une période difficile, comme l'a dit Tim.

— Bon sang ! Tu ne vas pas croire ces gars-là ! Ils diraient n'importe quoi pour garder Nelson. Le groupe ne va nulle part sans lui. C'est quand il est revenu chanter avec eux qu'ils ont commencé à bien gagner leur vie !

David serre les dents.

— La prochaine fois que je le vois, je lui mets mon poing sur la gueule. C'est tout ce qu'il mérite pour t'avoir traitée comme ça !

— Non ! Tu ne peux pas faire ça !

— Pourquoi pas ?

— Parce que... parce que...

Elle voudrait pouvoir lui répondre que Nelson est incapable de tuer qui que ce soit, mais elle ne sait plus quelle est la vérité.

— Parce que si vous vous bagarrez, commence-t-elle d'une voix faible, ça diminuera nos chances de découvrir qui a tué Kim. On t'assignera à d'autres tâches avant que les renseignements qu'on attend arrivent.

David baisse les yeux.

— Tu as raison. Mais si cette crapule tente de t'approcher, tu me préviens. Je vais m'occuper de lui faire comprendre que tu es sérieuse quand tu lui dis de te laisser tranquille.

Sandrine secoue la tête avec regret. Elle a eu tellement de plaisir avec Nelson. Il est plein d'entrain et sait se montrer tout à fait romantique quand il le veut. Mais peut-être que David a raison. Nelson est peut-être trop fou pour elle... ou pour toute autre fille.

* * *

Quelqu'un déchire une page dans un journal intime sans se donner la peine d'en couper les bords déchiquetés. Ces derniers ressemblent aux récifs de corail sur lesquels Kim s'est tailladé les jambes en se débattant dans l'eau. Même si elle n'a lutté que quelques instants, ses lacérations étaient profondes et l'eau s'est teintée de rose autour d'elle.

D'une main tremblante, la personne s'empare d'un crayon qu'elle fait courir sur le papier. Annjeelo doit être prévenu de la mort de la fille. Il doit savoir à quel point le meurtre lui a demandé du courage et du dévouement.

Dommage que Kim ait eu d'aussi bons yeux... et une aussi grande gueule. Mais une leçon a été tirée de ce triste événement. L'enfant chéri d'Annjeelo devra maintenant être plus prudent. Il ne faut pas qu'on puisse établir de lien entre ces morts déplorables et le vrai meurtrier. Sinon, Annjeelo lui-même pourrait être blâmé.

Avec un peu de chance, une seule autre personne devra mourir : Sandrine. Car elle les a trahis tous les deux.

L'éliminer sera l'ultime épreuve. Elle s'est fait plusieurs amis sur le bateau et ceux-ci ne manqueront pas de la protéger, comme cet officier qui est intervenu la première fois. De plus, Sandrine est brillante. Il faudra qu'elle soit réduite au silence très bientôt, avant qu'elle ne découvre ce qui est vraiment arrivé à J.C. et à Kim.

* * *

Christelle frappe à la cabine de Marie-France et ouvre la porte lorsqu'un léger grognement lui parvient de l'intérieur.

— Est-ce que je peux te parler, Marie ?

Celle-ci est debout et regarde par le hublot qui donne sur le port.

— Marie ? répète Christelle.

Elle espère que son amie sera de meilleure humeur que les jours précédents. Elle passe presque tout son temps seule enfermée dans sa cabine.

— Je veux te parler au sujet de François.

Marie-France se retourne.

— Qu'est-ce qu'il a, François ?

— Il est bizarre depuis quelque temps.

Marie-France plisse les yeux.

— Bizarre ?

Christelle s'assoit sur le coin du lit double. Puisque ce sont les parents de Marie-France qui paient la croisière, leur fille loge dans une cabine luxueuse adjacente à leur propre suite. Christelle et Patricia partagent une cabine, tandis que François, J.C. et Marc étaient installés dans la chambre voisine. Bien entendu, François s'est retrouvé seul après la mort de J.C. et l'arrestation de Marc.

— C'est difficile à expliquer, dit Christelle. François dit qu'il m'aime, mais on dirait qu'il évite ma compagnie. C'est à croire qu'il n'est pas bien avec moi. Avant, on était toujours ensemble.

Marie-France s'empare de son jeu de tarots.

— Non, proteste Christelle. Je ne veux pas me faire tirer les cartes. Je veux seulement en parler avec toi, en amie. J'aimerais que tu m'écoutes et que tu me dises ce que tu en penses.

— Très bien, dit Marie-France.

— Je crois que François est amoureux d'une autre fille. Il doit penser à elle tout le temps, parce qu'il n'a jamais envie de faire des sorties romantiques avec moi.

— Une autre fille !

Marie-France paraît amusée.

— Ce n'est pas drôle. Je ne sais pas quoi faire, dit Christelle.

— Tu peux faire semblant qu'elle n'existe pas et laisser les choses aller. Ou... Sais-tu qui c'est ?

— Non.

— Tant mieux. Ce sera plus facile de faire comme si elle n'existait pas. Tu peux aussi rompre et te trouver un autre petit ami.

— Mais je ne peux pas rompre ! Et si je me trompais et s'il m'aime vraiment ? Il aurait beaucoup de chagrin !

— Il faut que tu prennes une décision, déclare Marie-France qui passe son pouce le long des bords usés de ses cartes. Ça ne sert à rien de t'accrocher à lui s'il aime quelqu'un d'autre. Peut-être qu'il ne veut pas te blesser et que c'est pour ça qu'il ne t'a rien dit à propos d'elle.

Christelle sent que son cœur va éclater. François et elle sont si proches... Ou plutôt, étaient si proches. Ils ont été les meilleurs amis du monde pendant tout leur secondaire. Ça allait de soi qu'ils s'entendraient à merveille quand ils ont commencé à sortir ensemble l'automne dernier. Mais ça n'a pas marché. Un sentiment de profond désespoir habite Christelle depuis maintenant plusieurs semaines. Elle ne sait plus quoi faire.

— Vous ne vous disputiez pas avant de sortir ensemble, poursuit Marie-France.

— Non. On était bien ensemble. François était mon meilleur ami. J'étais même plus proche de lui que de toi et de Patricia. Je suis navrée, mais c'est comme ça.

— Et tu veux regagner son amitié ?

— Bien sûr que je le veux !

Marie-France touche ses cartes et commence à les mêler, comme si elle ne pouvait pas s'en empêcher.

— Alors tu dois rompre. Tu ne peux pas être sa blonde et sa meilleure amie à la fois.

— Mais l'autre fille va me l'enlever ! dit Christelle avec des sanglots dans la voix.

Marie-France hausse les épaules et détourne les yeux, comme si elle avait autre chose de plus important en tête.

— Peut-être. De toute façon, tu dois rompre avec lui.

Christelle quitte la cabine de Marie-France le cœur lourd. Si elle veut garder François comme ami, elle devra lui dire qu'ils ne peuvent plus former un couple. C'est peut-être ça qu'on appelle le destin.

Elle traverse le couloir et se demande où elle pourrait bien trouver François.

Chapitre 12

Sandrine travaille jusqu'à quinze heures cet après-midi-là. Elle a quelques heures de liberté avant de reprendre le travail à l'heure du souper pour remplacer les serviettes et ouvrir les lits. Elle décide d'aller se changer et de faire un peu d'exercice au gymnase. Julie lui a demandé de danser de nouveau lors du prochain spectacle et Sandrine veut être au meilleur de sa forme.

Mais lorsqu'elle tourne le coin du couloir qui mène à sa cabine, elle aperçoit Nelson planté devant la porte de sa chambre.

Elle rebrousse chemin brusquement avant qu'il la voie. Le cœur battant, elle ferme les yeux pour mieux réfléchir. Après ce qui s'est passé hier soir, elle n'a pas envie d'être avec lui ni de lui parler.

Sandrine retient son souffle un instant et risque un œil dans le couloir. Nelson est toujours là, adossé à la porte de sa cabine, et regarde vers l'ascenseur.

— Merde ! chuchote-t-elle.

D'une certaine façon, ça lui paraît ridicule de l'éviter. Mais elle est seule et elle ne sait plus trop à quoi s'attendre de sa part. Que se passera-t-il s'il perd la raison encore une fois? Il est trop fort pour qu'elle puisse lui échapper. Et où sont ses amis, au fait? Tim n'a-t-il pas promis de le surveiller?

Sandrine s'éloigne sans bruit et se dirige vers l'escalier de service.

Quelques minutes plus tard, elle se retrouve devant la porte du bureau de Mitch. Elle frappe timidement et David vient lui ouvrir.

Le visage du jeune homme s'éclaire lorsqu'il l'aperçoit.

— Quoi de neuf?

Sandrine hausse les épaules.

— J'ai quelques heures de libres avant de reprendre le travail.

Il paraît content.

— Super! Entre et viens t'asseoir. Je me préparais justement à appeler quelqu'un pour me remplacer, le temps d'aller dîner. Je deviens fou entre ces quatre murs. Il faut que je sorte d'ici.

— Je comprends, dit Sandrine qui laisse son regard errer dans la pièce.

Dans un coin, le télécopieur est allumé, mais silencieux.

— J'aimerais bien quitter le bateau une heure ou deux.

— Pourquoi pas? Où aimerais-tu aller?

Elle réfléchit.

— À Tobacco Bay.

David se rembrunit.

— Ce n'est peut-être pas une bonne idée. La mort de Kim t'a causé tout un choc. Il y a plein d'autres belles plages dans le coin.

— Non, dit Sandrine d'un ton résolu. Je veux aller à Tobacco Bay, mais je dois reprendre le travail dans moins de deux heures. Quel est le moyen le plus rapide pour y aller?

— En taxi ou en mobylette, on y sera en quinze minutes. L'un ou l'autre, ça ne fait aucune différence, car la limite de vitesse est de trente kilomètres à l'heure partout sur l'île.

Sandrine sourit.

— Les Bermudes ne sont sûrement pas le paradis des amateurs de vitesse.

— Je suppose que les gens d'ici n'aiment pas se presser, dit David qui hésite avant de poursuivre. Écoute, si tu veux vraiment retourner là-bas, je vais louer une mobylette.

— D'accord, dit Sandrine avec un frisson d'excitation.

Elle ne sait pas trop ce qu'elle espère trouver, mais elle se dit qu'il doit bien y avoir un indice qui la mettra sur la piste du meurtrier de Kim.

* * *

— Je continue à croire que ce n'est pas une bonne idée de venir ici, dit David en garant la mobylette derrière le casse-croûte à Tobacco Bay.

— Il fallait que je vienne.

— Pourquoi?

— Je ne sais pas. J'ai l'impression qu'il s'est passé quelque chose qui m'a échappé.

— En tout cas, la police n'a sûrement rien manqué, elle. Une dizaine de policiers ont ratissé la plage et le stationnement pendant des heures. Ne va pas t'imaginer que tu vas trouver quoi que ce soit aujourd'hui.

— Je veux seulement me promener un peu aux alentours.

La baie est aussi belle aujourd'hui que le jour où Kim a été assassinée. Des vacanciers se baignent dans l'eau turquoise tandis que d'autres, étendus sur des serviettes colorées, se prélassent sur la plage ou sur le monticule de pelouse près du pavillon d'accueil.

Dans les romans policiers que Sandrine a lus, les meurtres sont souvent commis la nuit, par un soir d'orage. Ça semble presque impossible qu'un endroit aussi enchanteur que Tobacco Bay ait été le théâtre d'une mort violente.

David et Sandrine parcourent toute la plage. Ils remontent ensuite une colline qui surplombe la baie et fait face au casse-croûte. De là, ils aperçoivent également le stationnement.

— C'est là que Kim est allée rejoindre la personne qui l'avait fait demander, dit Sandrine.

— Les enquêteurs ne savent toujours pas qui c'est, souligne David. Et d'après la sécurité, il n'y a eu aucun message pour Kim. D'ailleurs, le jeune garçon qui est venu chercher Kim sur la plage n'a jamais été retrouvé. Selon Mitch, la police craint que le meurtrier l'ait éliminé aussi parce qu'il aurait pu l'identifier.

— Pauvre petit! murmure Sandrine dont le regard erre au-delà du stationnement bordé de récifs.

Elle se concentre sur l'endroit pour éviter de penser au sort du pauvre garçon.

— On aurait pu facilement jeter Kim à la mer du fond du stationnement, pense-t-elle tout haut. Et personne n'aurait pu voir ce qui se passait de la plage.

— Mais de cette colline, on voit bien partout.

— Dommage que personne ne se soit trouvé ici le jour du meurtre.

Sandrine baisse les yeux. Elle ramasse une canette de bière écrasée et la boîte vide d'une pellicule *polaroïd*. Elle les met dans la poche de son uniforme en se disant que la baie est beaucoup trop belle pour qu'on y jette des ordures.

— Et les gars qui plongeaient du haut du récif pendant qu'on se baignait? dit David. Tu crois qu'ils auraient pu voir quelque chose?

— Peut-être. C'est difficile à dire. La police ne les a pas interrogés?

— Sûrement, oui. Tu te souviens, ils nous ont aidés à ramener Kim.

Sandrine grimace. Bien sûr qu'elle s'en

souvient. Elle n'oubliera jamais le visage blanc et bouffi de Kim, et le corps sans vie qu'elle a remonté à la surface.

— Continuons, dit-elle d'une voix étranglée. Il faut qu'on trouve quelque chose !

* * *

Nelson passe près de deux heures devant la cabine de Sandrine. Une dizaine de fois, il entend quelqu'un dans le couloir et se retourne en espérant l'apercevoir, mais ce n'est jamais elle.

Il est sur le point d'abandonner lorsqu'il perçoit un bruit de pas. Cette fois, il est convaincu que c'est elle. Il sourit, déjà prêt à s'excuser.

Mais c'est Édith qui apparaît devant lui.

Nelson s'appuie contre la porte et ferme les yeux en signe de frustration.

— Tu attendais quelqu'un d'autre ? demande Édith sèchement.

— On pourrait dire ça, oui.

— Je ne pense pas que tes chances de revoir Sandrine soient très bonnes.

Elle glisse sa carte dans la serrure.

— Pourquoi ?

— Si elle a une once de bon sens, elle ne voudra plus rien savoir de toi. Et je serai tout à fait d'accord avec elle !

Nelson agrippe Édith par le bras.

— Qu'est-ce que tu veux dire exactement ?

— Lâche-moi !

Édith se dégage d'un geste brusque et entre dans la cabine.

Nelson ne lui laisse pas le temps de lui claquer la porte au nez comme elle s'apprêtait à le faire et il la suit à l'intérieur.

— Je t'ai demandé ce que tu voulais dire exactement ?

Édith décide de l'affronter, les mains sur les hanches et le visage rouge de colère.

— Je veux dire que tu t'es comporté comme un vrai crétin la nuit dernière ! Tu t'es introduit dans notre cabine et tu as secoué Sandrine comme un prunier !

Nelson passe une main dans ses longs cheveux blonds.

— Je suis désolé. Tim m'a dit que j'avais piqué une crise, mais j'espérais que ce n'était pas aussi grave.

— Tu ne t'en souviens même pas ?

— J'étais contrarié parce que Sandrine n'est pas venue me rejoindre comme elle l'avait promis. J'ai bu un peu trop de bière.

— Un peu trop ?

— Cinq ou six verres, je crois.

Il pousse un gémissement et roule les yeux.

— Il faut que tu lui dises que je suis navré. Je ne voulais pas lui faire de mal. J'étais tellement en colère que...

— Que tu es entré dans notre cabine et que tu as menacé de la tuer ? l'interrompt Édith.

Le visage de Nelson perd toute couleur.

— J'ai quoi ? J'ai menacé de…

C'est si horrible qu'il n'arrive même pas à prononcer les mots.

— Tu as dit toutes sortes de choses épouvantables. Celle-là, entre autres.

— Noooon ! se lamente-t-il. C'est impossible !

Édith trépigne de colère.

— Tu l'as maintenue couchée sur le lit en criant comme un forcené et j'étais incapable de t'arrêter ! Si tes amis n'étaient pas arrivés, tu l'aurais peut-être tuée !

— Non ! s'écrie Nelson.

Ses mains tremblent et son cœur bat si fort qu'il est certain qu'il va exploser.

— Je ne ferais jamais de mal à Sandrine. Jamais.

Mais les vieilles peurs s'éveillent au fond de lui et lui rongent les entrailles. Il se rappelle Corinne… et tout ce sang ! Il y en avait tant que ça ne lui semblait pas possible que tout ce sang vienne d'elle… Il tressaille, secoué par cette effroyable vision.

— Je ne veux pas que ça arrive encore, marmonne-t-il.

— Quoi ? Qu'est-ce que tu as dit ?

Nelson lève les yeux vers Édith et comprend, horrifié, qu'il a parlé à haute voix.

— Je… je ne sais pas. Qu'est-ce que j'ai dit ? demande-t-il en bredouillant.

— Quelque chose comme « que ça arrive encore ».

Nelson détourne les yeux.

— J'ai voulu dire que, souvent, les filles se disent que ce serait merveilleux de sortir avec un chanteur. Mais quand elles découvrent que le chanteur est un gars bien ordinaire, elles le laissent tomber.

Il la regarde en clignant des yeux et en priant pour qu'elle le croie.

— Je ne veux pas perdre Sandrine. Je l'aime vraiment et je ne veux pas qu'elle soit furieuse contre moi.

Constatant que les yeux d'Édith ne sont plus que des fentes tandis qu'elle le dévisage, Nelson se dit qu'il raconte n'importe quoi. Il se tait et recule vers la porte.

— Dis-lui que je veux la revoir. Je promets de ne pas lui faire de mal.

— Je te l'ai déjà dit, elle ne veut plus te voir.

— Ne dis pas ça !

Nelson s'est mis à trembler. Il sait qu'il est sur le point de craquer.

— Dis-lui seulement que je veux la voir.

Il franchit le seuil de la porte et Édith lui ferme la porte au nez.

Nelson se retrouve dans le couloir où il s'efforce de se calmer.

« Ce n'est pas juste, pense-t-il misérablement. Ils ne comprennent pas. Personne ne comprend. Ce n'était pas ma faute. »

Quelques minutes plus tard, il se tient sur le pont et admire la ville de Saint-George avec ses clochers d'églises blancs, ses palmiers majestueux et ses touristes coiffés de chapeaux de paille déambulant dans les rues pavées.

Un couple sur une mobylette s'arrête devant la boutique de location.

Le garçon a les cheveux bruns et courts, un peu comme les militaircs, et il porte un short blanc et un t-shirt marine. La fille a les cheveux bruns et courts aussi. Elle porte l'uniforme bleu pâle des préposées aux cabines, mais elle en a remonté la jupe sur ses cuisses pour pouvoir s'asseoir sur la selle. Ses bras entourent amoureusement la taille du garçon.

Ce n'est qu'après qu'ils sont descendus de la moto que Nelson reconnaît Sandrine. Peu à peu, il comprend ce qui se passe. Elle n'est pas revenue à sa cabine parce qu'elle a passé l'après-midi avec ce jeune officier je-sais-tout! Le sang de Nelson ne fait qu'un tour. Lorsqu'il tourne le dos au bastingage, une colère sourde gronde en lui.

Chapitre 13

En revenant au bateau avec David, Sandrine ne pense qu'à Tobacco Bay. Elle revoit la baie en partie cernée par les coraux et les roches volcaniques ; la plage et le monticule de gazon ; et juste à l'extérieur de la baie, dans quelque trois mètres d'eau, l'endroit où David et elle ont trouvé Kim.

Après qu'ils ont rendu la mobylette, Sandrine serre très fort la main de David tandis qu'ils grimpent la passerelle. « Si seulement j'avais insisté pour que Kim me dise ce qu'elle savait avant de partir », se dit-elle pour la centième fois. Si seulement je m'étais aperçue qu'elle aussi était en danger... »

— Tu es terriblement silencieuse.

La voix de David interrompt ses pensées lorsqu'ils arrivent devant l'ascenseur.

— La promenade ne t'a pas plu ?

Sandrine lui adresse un pâle sourire.

— Mais oui. C'est juste que...

Il y a tellement de choses qui se bousculent dans sa tête !

— Je songeais à Kim, dit-elle simplement.

— Je t'avais dit que ce n'était pas une bonne idée.

— Non! On a bien fait d'y aller.

— Pourquoi? On n'a rien trouvé.

— Peut-être que oui, mais on ne le sait pas encore. Il y avait foule sur la plage le jour où Kim a été tuée. Il y a sûrement des touristes qui sont montés sur la colline pour admirer la vue et prendre des photos. L'un d'eux se trouvait peut-être là au moment où Kim a été attaquée. Si c'est le cas, ça signifie que des gens pourraient avoir vu quelque chose.

David fronce les sourcils et appuie sur le bouton de l'ascenseur.

— Personne n'a pris contact avec la police jusqu'à maintenant.

— Peut-être qu'ils ne savent pas qu'ils ont été témoins d'un meurtre. Peut-être que...

Elle a le souffle coupé lorsqu'une idée lui traverse l'esprit.

— Peut-être que l'agresseur n'avait pas l'air de lui faire de mal.

Les portes de l'ascenseur s'ouvrent. Deux couples dans la soixantaine vêtus de couleurs vives en sortent et leur disent bonjour.

Sandrine et David les saluent et entrent dans l'ascenseur.

Dès que les portes se referment, Sandrine dit:

— Mets tes bras autour de ma taille.

— Quoi?

David rougit violemment.

— Mets tes bras autour de moi comme si tu allais m'embrasser.

Le jeune homme sourit avec nervosité.

— O.K. Qu'est-ce qu'on ne ferait pas pour mettre la main au collet d'un meurtrier? Mais attends un peu.

Il appuie sur le bouton d'arrêt du tableau de commande. L'ascenseur s'immobilise.

— Ça pourrait être embarrassant si les portes s'ouvraient.

Sandrine s'esclaffe.

— Ce n'est pas comme si tu allais vraiment m'embrasser, dit-elle pour le taquiner.

David fait la grimace.

— Dommage.

— Arrête de faire l'imbécile et fais ce que je te dis. Mets tes bras autour de moi.

David avance d'un pas et prend la position. Une chaleur soudaine envahit Sandrine, qui ne s'attendait pas à ça. Elle a cru que l'étreinte de David ressemblerait à celle d'un grand frère ou d'un cousin, et elle doit faire un effort pour contenir ses émotions.

— Serre-moi fort de façon que je ne puisse pas me dégager.

— Comme ça?

Elle bouge et parvient à se libérer.

— Plus fort.

Les bras de David se contractent.

— C'est ça, dit Sandrine. Maintenant, imagine que des gens nous observent de l'endroit où nous étions tout à l'heure. Qu'est-ce qu'on a l'air de faire, d'après toi?

— Je ne sais pas. C'est à une bonne distance.

— On ne pourrait pas voir l'expression de nos visages. On ne pourrait pas savoir si je souris ou si j'ai peur, n'est-ce pas?

— Je suppose que non.

— Tu peux me lâcher, dit Sandrine qui commence à avoir mal aux côtes.

David la libère.

— Qu'est-ce que tu reproches à ma théorie? demande-t-elle.

— Deux choses. D'abord, même si je te maintenais de force, tu pourrais toujours crier.

— Mais tu sais comme les jeunes s'excitent toujours à la plage. Ils menacent de jeter leurs copains à l'eau et les filles crient tout le temps.

— N'importe qui saurait faire la différence entre des cris pour s'amuser et les hurlements d'une fille dont la vie est en danger, rétorque David gravement.

— Et quelle est ton autre objection?

David hausse les épaules et appuie sur le bouton pour remettre l'ascenseur en marche.

— On ne peut pas assommer quelqu'un quand on le tient fermement comme ça. Selon la police, l'agresseur devait être à environ cinquante centimètres derrière Kim. S'il avait été plus proche, il n'aurait pas pu frapper assez fort pour lui faire perdre connaissance.

— Peut-être qu'il y avait deux agresseurs, suggère Sandrine.

— Peu importe. Sans témoin, on n'a rien.

David prend une grande inspiration et lui sourit.

— C'est gentil de ta part de vouloir faire arrêter le meurtrier de Kim.

— Je ne le fais pas seulement pour elle. Rappelle-toi que l'assassin a éliminé Kim parce qu'elle allait me révéler son identité. Je figure sur sa liste, moi aussi.

* * *

Lorsqu'elle revient à sa cabine après avoir ouvert les lits et placé des chocolats à la menthe sur les oreillers des passagers, Sandrine est soulagée de voir que Nelson ne se trouve plus devant sa porte.

Elle entre dans la chambre en coup de vent. Édith se retourne subitement, l'air paniquée.

— Tu m'as fait une de ces peurs! s'écrie-t-elle d'une voix aiguë. Est-ce qu'il faut absolument que tu entres ici comme un troupeau d'éléphants?

Sandrine rit.

— Tu parles comme ma mère!

— Eh bien! elle a raison.

Édith ramasse ses affaires sur son lit et les fourre dans le premier tiroir de sa commode.

— Un jour, quelqu'un finira par avoir une crise cardiaque à cause de toi.

— Tes vêtements vont se froisser si tu mets tous ces trucs dessus.

— Oh! arrête.

Édith saisit sa brosse et entreprend de démêler sa longue chevelure blonde.

— Je commence à avoir les cheveux fourchus, dit-elle en changeant de sujet.

— Tu n'as qu'à les faire couper de quelques centimètres.

— Je sais. Mais j'ai tellement de choses à faire.

— C'est vrai que ta vie sociale est pas mal mouvementée après les heures de travail, fait remarquer Sandrine qui enlève son uniforme et le fourre dans son sac de linge sale.

Il faudra qu'elle aille à la buanderie avant longtemps. Le sac est presque plein et Sandrine manque d'uniformes et de sous-vêtements.

— Qu'est-ce que tu fais ce soir? demande Édith.

— Je me suis dit que j'essaierais de trouver Julie. Il n'y a pas de spectacle ni de répétition ce soir, mais ça me ferait du bien de m'entraîner un peu.

— Elle serait probablement contente d'avoir de la compagnie, dit Édith avec une note de tristesse dans la voix. Perdre sa meilleure amie... c'est horrible.

Sandrine avale sa salive avec difficulté et approuve d'un signe de tête.

— Nelson est venu pour te voir, lance Édith comme si elle venait de s'en souvenir.

Sandrine lève les yeux.

— Est-ce que tu lui as parlé?

— Il rôdait dans le coin quand je suis venue pendant ma pause cet après-midi.

Sandrine sent tous les muscles de son corps se raidir.

— Il n'a pas fait de folies, j'espère? Il ne s'en est pas pris à toi?

— Non, mais on ne peut pas dire qu'il était très calme. Je lui ai dit que tu ne voulais plus jamais le revoir et qu'il ferait mieux de te laisser tranquille. J'ai bien fait, hein?

Sandrine hésite.

— Oui, je crois. Je l'ai évité toute la journée, mais il fallait bien qu'il entende la vérité un jour ou l'autre.

— Il a fait comme s'il ne se rappelait pas ce qui s'était passé la nuit dernière, mais je ne l'ai pas cru, bien sûr.

— Il a de graves ennuis qui n'ont rien à voir avec la mort de J.C. et celle de Kim.

— Qu'est-ce que tu veux dire?

— David a appris qu'il a fait un séjour dans un centre de réhabilitation l'an dernier. Il y est resté six mois. Ç'a peut-être quelque chose à voir avec une fille avec qui il sortait. David essaie de savoir ce qui est arrivé à cette fille et pourquoi Nelson s'est retrouvé là.

— Ça semble grave. Il faudrait prévenir le capitaine Aragonis. On ne sait jamais. Nelson pourrait s'en prendre à d'autres passagers.

— On n'a encore aucune preuve qu'il a quelque chose à se reprocher. J'aimerais pouvoir comparer son écriture avec celle de la lettre que j'ai trouvée. Je voudrais aussi voir de plus près l'étrange pendentif qu'il porte à son cou. J'ai cru qu'il s'agissait d'une fleur ou d'un cœur avec un serpent enroulé autour, mais il refuse de me le montrer.

Édith croise ses bras sur sa poitrine et frissonne.

— C'est curieux.

— Oui. J'espère que les fax que David a envoyés ne resteront pas sans réponse.

Sandrine se dirige vers la garde-robe et examine les robes qu'elle a apportées.

Édith la regarde d'un air interrogateur.

— Les fax? Il en a envoyé plusieurs?

— Oui. Presque une dizaine.

— Qui d'autre soupçonne-t-il?

Sandrine choisit une robe en tricot de coton jaune et l'enfile.

— Il a adressé une demande de renseignements au centre de réhabilitation et au collège que fréquentaient Marc, Marie-France et sa bande. Il s'est dit qu'il valait mieux ne pas courir de risques.

Édith hoche la tête.

— Il a raison.

Elle devient silencieuse tout à coup. Sandrine

143

finit de s'habiller et retouche son maquillage, ajoutant un peu d'ombre à paupières bleue sur ses yeux et un soupçon de rouge à lèvres couleur pêche.

— Et toi? Qu'est-ce que tu fais ce soir? demande Sandrine en refermant son tube de rouge.

Édith la considère avec sérieux.

— J'avais l'intention d'essayer de te convaincre de passer la soirée ici avec moi. Je me fais du souci pour toi.

Sandrine sourit.

— Il ne m'arrivera rien. Je me tiendrai dans les endroits où il y a beaucoup de monde.

— Kim était entourée de gens, elle aussi. Et ça ne l'a pas sauvée.

— Ce n'est pas la même chose. Elle se trouvait avec nous tous, mais elle est partie seule pour parler à quelqu'un. Il ne lui serait rien arrivé si elle était restée sur la plage. Je ne vais pas commettre la même erreur. Quand je suis dans ma cabine, je verrouille la porte. Et désormais, on mettra la chaîne de porte au cas où Nelson déciderait de revenir faire un tour.

— Et quand tu travailles?

— Je laisserai les portes des chambres ouvertes pendant que je fais le ménage. Il y a tellement de va-et-vient dans les couloirs que personne n'osera tenter quoi que ce soit.

— Ça me paraît une bonne idée, mais on ne sait jamais. Celui ou celle qui a tué J.C. et Kim est rusé et bien déterminé. S'il s'agit de Nelson, on sait déjà qu'il est complètement cinglé. La moindre petite étincelle peut tout déclencher.

Sandrine incline la tête.

— Je sais.

* * *

Sandrine décide d'aller faire un tour dans la section du paquebot réservée aux boutiques. On y trouve des parfums, des bijoux, des vêtements et des spiritueux, mais tout est beaucoup trop cher pour que Sandrine puisse espérer s'acheter quelque chose.

Elle s'arrête un instant devant une vitrine brillamment éclairée et admire les bagues, les bracelets et les colliers.

Au bout d'un moment, une femme se joint à elle.

— Qu'est-ce qui te plaît le plus? demande-t-elle à Sandrine.

Cette dernière sursaute, étonnée qu'une étrangère lui pose une question aussi personnelle.

— Oh! je ne sais pas trop.

Elle scrute la vitrine avec attention.

— Cette bague, peut-être. Celle qui est sertie d'une petite émeraude en forme de larme. Je suis née en mai et j'ai toujours rêvé d'avoir une bague porte-bonheur.

— Peut-être qu'un jour, tu l'auras, dit la femme d'un air songeur en rajustant sa veste en soie.

Sa voix rauque ainsi que le mauve de ses yeux lui paraissent familiers. Sandrine la dévisage.

— Est-ce que je vous connais?

— Je ne crois pas, répond l'étrangère. Mais moi, je te connais.

Sandrine est parcourue d'un frisson. Elle promène son regard autour d'elle et constate avec soulagement qu'elle n'est pas seule. Bon nombre de passagers font également du lèche-vitrine.

— Comment se fait-il que vous sachiez qui je suis?

— Tu as été très gentille avec ma fille, Marie-France. Je m'appelle Alexandra Soly, dit-elle en lui tendant la main. Un jour, Patricia t'a aperçue et m'a dit qui tu étais. J'espérais avoir l'occasion de te remercier d'avoir été aussi aimable avec Marie-France.

La femme sourit et effleure le collier dans son cou. Il s'agit d'une lourde chaîne en or ornée de pierres précieuses de couleurs criardes. Mais rien qu'à les voir étinceler, Sandrine se dit qu'elles sont vraies et qu'elles doivent valoir une fortune.

— Je voulais simplement l'aider. Elle avait beaucoup de chagrin après avoir perdu son petit ami.

— Oui, c'est vrai. Mais je persiste à croire qu'elle est beaucoup mieux sans cet idiot.

— Quoi?

Sandrine a le souffle coupé.

— Tu connaissais Jean-Charles, n'est-ce pas? demande la mère de Marie-France.

— Oui. Je l'ai rencontré une fois.

— C'est une fois de trop. J.C. était un petit garçon gâté et insupportable qui faisait la vie dure à Marie-France. Il sortait avec d'autres filles et profitait de sa nature généreuse de toutes les façons possibles. Il était malveillant et ne connaissait rien aux bonnes manières. Jean-Charles Ostiguy était un être dégoûtant et je suis bien contente qu'il soit mort !

Sandrine l'observe, ne sachant trop que dire.

— Tu n'es pas d'accord ? demande madame Soly d'une voix plus calme et polie.

— Je... Non... Enfin... C'est vrai qu'il était comme vous l'avez décrit. Mais on ne poignarde pas quelqu'un seulement parce qu'il n'a pas de bonnes manières !

— Non, bien sûr que non.

La femme détourne les yeux et, sous son maquillage, des rides causées par l'inquiétude apparaissent aux coins de ses yeux et aux commissures de ses lèvres.

— Mais il a été très cruel avec Marie-France. Tu ne peux pas imaginer à quel point.

— Je suis navrée, dit Sandrine doucement.

Madame Soly sourit gaiement.

— Mais ça n'a plus aucune importance, maintenant, n'est-ce pas ?

— Je suppose que non.

Sandrine recule d'un pas, mal à l'aise auprès de cette femme.

— Il faut que je parte, dit-elle. On m'attend.

— Bien sûr, va. Je désirais seulement te remercier d'avoir aidé Marie-France pendant cette période difficile. Je crois qu'elle va s'en remettre. Elle semble redevenue elle-même depuis deux jours. Elle a l'air plus... normale, tu ne trouves pas?

— Oui, déclare Sandrine en se demandant ce que «normale» veut dire dans le cas de Marie-France. Je suis certaine qu'elle ira bien maintenant.

Tout en s'éloignant, Sandrine se questionne pour déterminer qui est la plus bizarre des deux: la fille ou la mère? Et lorsqu'elle atteint la poupe du bateau, elle commence à se demander si elle n'a pas eu tort de présumer que le meurtrier de J.C. et de Kim était un homme.

Chapitre 14

Sandrine cherche Julie au *Diamant*, dans la salle d'entraînement aménagée dans les coulisses, et au gymnase. Ne la trouvant pas, elle décide d'aller voir si Julie est à sa cabine.

Chemin faisant, elle repense à sa conversation avec madame Soly. Il y a quelque chose qui cloche dans cette histoire. Si les Soly détestaient tant J.C., pourquoi n'ont-ils pas interdit à Marie-France de sortir avec lui? Si elle avait refusé d'obéir, ils n'auraient eu qu'à la priver de son argent de poche. Sandrine imagine que c'est ce que ses propres parents auraient fait.

En passant devant le casino, elle aperçoit David qui se tient tout près de la cabine d'un caissier. Il semble discuter avec l'un des officiers chargés de la sécurité, mais en la voyant, il lui fait signe de venir le rejoindre.

L'homme soulève sa casquette pour saluer Sandrine et dit à David qu'il veut bien le remplacer au bureau de Mitch au cours de la prochaine heure.

— Il faut que je te parle ! lance Sandrine.

— Qu'est-ce qu'il y a ?

— Je viens d'avoir une conversation des plus étranges avec la mère de Marie-France.

— Ça ne m'étonne pas, si elle est comme sa fille.

— Je suis sérieuse. Madame Soly avait l'air contente que J.C. soit mort. Si elle savait qui l'a poignardé, je crois qu'elle lui remettrait une récompense.

— Elle ne s'entendait pas très bien avec le *chum* de sa fille ?

— Elle le détestait.

David a l'air perplexe.

— Assez pour le tuer ?

— C'est la question que je me pose. Est-ce qu'une femme riche comme elle oserait souiller ses mains de sang, même pour sauver sa fille ?

— Elle a peut-être payé quelqu'un pour le faire.

— Ça ne me surprendrait pas. Je pense qu'elle aurait fait n'importe quoi pour que J.C. sorte de la vie de Marie-France.

— Ça fait un fax de plus à envoyer.

— Est-ce que Mitch ne revient pas demain ?

— C'est exact. J'espérais recevoir les renseignements qu'on a demandés avant son retour.

David se gratte le menton.

— Je pense qu'il vaudrait mieux attendre avant d'envoyer quoi que ce soit au sujet des Soly. Il faut d'abord que j'en parle à Mitch.

— Tu devras bien lui dire ce qu'on a fait, un jour ou l'autre.

— Je sais. Si au moins on pouvait apprendre du nouveau grâce aux fax. Peut-être qu'il serait moins furieux alors.

Sandrine incline la tête d'un air songeur et regarde autour d'elle. Les gens marchent lentement dans les allées du casino, cherchant une machine à sous libre, jetant un coup d'œil sur les tables de black-jack ou se contentant de regarder l'argent couler à flots autour d'eux.

Sandrine n'a jamais compris pourquoi les gens aiment jouer. Peu d'entre eux en sortent gagnants au bout du compte, et certains perdent de très grosses sommes d'argent. Le casino est le seul vrai gagnant, en fait.

Elle sourit en songeant à ce que son père lui a dit un jour : « Sandrine, la seule chose dont tu peux être certaine dans ce monde, c'est qu'on n'a rien pour rien. »

Il faisait alors allusion à la danse et voulait lui faire comprendre que ce n'était pas suffisant d'avoir du talent. Il fallait aussi travailler beaucoup pour espérer danser professionnellement. Aujourd'hui, Sandrine ne regrette pas d'avoir écouté son conseil.

Un mouvement brusque dans le hall attire son attention et la tire de sa rêverie.

Nelson se tient derrière les portes vitrées et semble furieux contre Tim et un autre musicien de son groupe. Ceux-ci le tirent par le bras pour le faire sortir du casino. Nelson a le visage tout rouge et ses yeux exorbités indiquent à quel point il est en colère. Il finit par repérer David et Sandrine. Dans un grand éclat de rage, il se fraye un chemin entre les joueurs et se dirige vers eux.

David doit l'avoir vu aussi. Il se place devant Sandrine comme s'il voulait la protéger. L'instant d'après, Nelson se rue sur lui. Les deux jeunes hommes se retrouvent par terre et roulent sur l'épaisse moquette rouge en jurant et en échangeant des coups de poing.

Les passagers s'écartent et Sandrine voit un croupier appuyer sur un bouton sous une table de black-jack. Elle espère que l'alerte est donnée au bureau de la sécurité.

— Arrêtez ! Nelson, lâche-le ! crie-t-elle en tournant autour des deux garçons.

La chemise en soie noire du chanteur fait contraste avec l'uniforme blanc de David, qui commence d'ailleurs à se froisser. Nelson tente de frapper l'officier solidement, mais sans succès. Enfin, il parvient à maintenir son adversaire couché sur le ventre et lui donne un coup de poing dans les côtes. David se recroqueville en poussant un gémissement de douleur.

— Faites quelque chose ! hurle Sandrine en regardant autour d'elle.

Mais les amis de Nelson ont disparu, craignant probablement d'être mêlés à la bagarre.

C'est alors que s'amènent deux gardiens de sécurité de forte carrure. Nelson les a vus aussi, car il hésite pendant une seconde et garde le bras dans les airs.

David profite de la distraction du chanteur, le saisit par le bras et le fait rouler sur le dos. Il lui donne ensuite un coup de poing en plein ventre, puis un autre sur la mâchoire.

Nelson écarquille les yeux de surprise. Un filet de sang apparaît au coin de sa bouche.

Les deux gardiens séparent les garçons et les entraînent à l'arrière du casino.

— Hé ! attendez ! Je n'ai rien fait ! proteste David. C'est lui qui cherchait la bagarre !

Les hommes ne lui prêtent pas attention.

Sandrine court derrière eux, tirant la manche de celui qui tient David.

— Il dit la vérité ! Nelson s'est rué sur l'officier Alexandre et il a commencé à le frapper. Il fallait bien qu'il se défende !

— Ce sont les ordres du capitaine. On doit lui amener les deux jeunes hommes, déclare l'autre gardien.

Sandrine reste bouche bée. Le capitaine ? Ça signifie qu'ils vont avoir des ennuis.

Les gardiens les guident vers un petit escalier en métal menant à un bureau qui surplombe le casino. Le directeur de l'établissement, le capitaine Aragonis et deux autres officiers sont assis devant une table de jeu. Une grande fenêtre a été pratiquée dans un mur et permet de voir tout le casino.

— Assoyez-vous, ordonne le capitaine d'une voix sourde.

— Monsieur..., commence David avec nervosité.

— J'ai dit assoyez-vous! Ne parlez pas! aboie Aragonis.

Les garçons s'exécutent en se regardant de travers. Le directeur du casino se lève pour laisser sa place à Sandrine et quitte la pièce. Les deux autres officiers le suivent en silence.

Pendant un long moment, personne ne parle. Sandrine risque un regard vers Nelson. Le chanteur la regarde d'un air sombre et frotte son menton endolori. Il essuie le sang sur sa bouche du revers de sa manche.

— Je suis très déçu, finit par dire le capitaine.

David ouvre la bouche, mais Aragonis lève une main.

— Non. Je vais parler d'abord, vous vous expliquerez ensuite, si vous croyez que ça peut être utile.

Il considère David, puis Nelson, et enfin Sandrine.

— Vous êtes tous employés par les croisières *El Mundo*, n'est-ce pas?

Les trois font signe que oui.

— Vous êtes ici pour travailler, et non pour vous bagarrer et causer tout un émoi parmi les passagers. Ce n'est pas non plus l'endroit pour se battre à cause d'une fille ou pour attiser la jalousie de deux garçons.

Sandrine rougit et baisse les yeux, incapable de soutenir le regard du capitaine.

— Je me moque de savoir qui a initié la bagarre dont je viens d'être témoin. Je sais qui en est la cause. J'ai vu cette demoiselle en compagnie de l'officier Alexandre. Monsieur...

Il hésite.

— Quel est votre nom?

— Nelson. Nelson Morrow.

— Oui. Monsieur Morrow a vu la fille qu'il aime avec un autre gars et ç'a été suffisant pour tout déclencher. Je n'ai pas besoin d'explications supplémentaires.

— Mais monsieur..., commence Sandrine.

Le capitaine lui jette un regard glacial. Les mots se figent dans la gorge de Sandrine.

— Vous n'êtes pas venus ici pour vous amuser. Vous êtes des employés et ne le resterez que si vous vous comportez comme des employés loyaux doivent le faire. Est-ce que c'est clair?

Ils acquiescent tous en même temps.

— Je ne veux plus de bagarre pour quelque raison que ce soit.

Le capitaine se tourne vers David.

— Vous avez plus à perdre que ces deux-là. Ils seront simplement congédiés si leur attitude laisse à désirer. Quant à vous, vous perdrez votre grade si une telle situation se reproduit. Vous comprenez ce que ça signifie?

David avale sa salive et regarde le capitaine, sa casquette à la main.

— Si je perds mon grade, monsieur, je devrai

reprendre une année d'études.

— Et ? dit Aragonis pour l'inciter à continuer.

— Et je serai peut-être suspendu à vie.

— C'est exact, dit le capitaine. Vous aurez sacrifié une brillante carrière pour une fille.

Il prononce ce dernier mot avec dédain.

Sandrine est terriblement embarrassée. Elle sait que David ne se battait pas pour l'avoir. Il cherchait plutôt à la défendre.

— Je vous en prie, monsieur, souffle-t-elle. Ce n'était pas la faute de David. Il essayait seulement de...

— Taisez-vous ! rugit Aragonis. Monsieur Alexandre est officier sur ce bateau et il doit subir les conséquences de ses actes.

Il se tourne vers Nelson.

— Quant à vous, dit-il d'un ton méprisant, tenez-vous loin de mes hommes. Retournez au club où vous vous produisez. Restez-y jusqu'à la fin du spectacle, puis retournez à votre cabine et n'en bougez plus jusqu'au matin. Le responsable du personnel vous convoquera pour discuter avec vous de la très faible possibilité que les croisières *El Mundo* vous accordent un jour un nouveau contrat.

Nelson se lève, la main toujours sur le menton, et évite le regard de Sandrine. Sans un mot, il se dirige vers la porte d'un pas traînant et quitte le bureau.

Après un moment de lourd silence, David se lève à son tour et salue.

— Vous pouvez partir, dit Aragonis.

— Je demande la permission d'escorter mademoiselle à sa...

— Vous ne l'escorterez nulle part ! l'interrompt le capitaine sèchement. Je vous interdis de la revoir ou de fréquenter d'autres jeunes filles quand vous êtes à bord du bateau. Concentrez-vous sur vos tâches, un point c'est tout. Compris ?

— Oui, monsieur.

— Vous pouvez partir.

* * *

Ahurie, Sandrine sort du bureau. Le capitaine n'a pas été juste. Peut-être que Nelson mérite que son contrat ne soit pas renouvelé, mais elle n'a rien à se reprocher. David, de son côté, est un bon officier. Il aime la mer, les bateaux et tout ce qui s'y rattache. Sandrine a l'impression de lui avoir arraché tout ça.

Elle franchit une seconde porte qui s'ouvre sur un couloir et se retourne pour dire quelques mots de réconfort à David. Mais celui-ci secoue tristement la tête avant qu'elle ait pu ouvrir la bouche.

Sandrine pince les lèvres, fait demi-tour et marche lentement jusqu'à sa cabine. Quand elle arrive devant sa porte, elle se demande toujours comment elle fera pour ne plus parler à David d'ici la fin de la croisière.

Elle tourne la poignée en oubliant d'utiliser sa carte passe-partout, mais la porte s'ouvre quand même. Elle n'était pas verrouillée.

«Je l'avais verrouillée en partant! se dit Sandrine, alarmée. J'en suis certaine!

«Non, pense-t-elle. Édith est probablement revenue pendant que j'étais partie.» Personne d'autre n'a la carte pour entrer maintenant que Nelson a rendu celle qu'il avait volée. Édith et Sandrine font même le ménage de leur cabine elles-mêmes.

— Édith? Tu es là? crie Sandrine par la porte entrouverte.

Il n'y a pas de réponse, mais elle note que la lumière est allumée dans la salle de bains dont la porte est entrebâillée. Elle prête l'oreille, mais n'entend rien.

— Édith! C'est moi! Tu as laissé la porte déverrouillée, dit-elle en entrant prudemment dans la chambre. Et c'est toi qui t'en fais pour moi! N'importe qui aurait pu entrer sans que tu t'en rendes compte.

Sandrine tire le loquet de la porte de la cabine et la laisse se refermer avec un bruit sec. Elle regarde autour d'elle et remarque alors qu'il y a quelque chose de différent dans la pièce. Il n'y a plus d'oreillers sur les lits et des vêtements pendent des tiroirs de la commode.

Sandrine a une boule dans la gorge lorsqu'elle regarde de nouveau vers la salle de bains. De toute évidence, Édith n'est pas là. Mais Sandrine est convaincue qu'il y a quelque chose derrière cette porte. Elle tend l'oreille, cherchant à distinguer un souffle, un bruissement ou tout autre bruit.

Le silence n'est pas rassurant.

Lentement, Sandrine s'agenouille pour mieux voir sous la porte. Deux talons noirs et bas reposent sur le carrelage bleu et blanc.

« Quelqu'un se tient là, dos à la porte, et attend que j'entre ! pense-t-elle.

« Du noir, se dit-elle. Qui porte des souliers noirs au cœur de l'été ? »

— Nelson ! laisse échapper Sandrine en s'éloignant de la porte. Ce n'est pas drôle ! Je suis désolée de t'avoir évité toute la journée, mais c'est ta faute. Tu m'as fait peur la nuit passée !

Par chance, elle entend des voix dans le couloir. Des passagers se préparent à passer une soirée agréable. « Tout ce que j'ai à faire, c'est sortir d'ici avant qu'il m'attrape ! » pense Sandrine.

Elle fait un dernier pas vers la porte, mais les chaussures n'ont pas bougé. « Il se passe des choses vraiment bizarres ici », se dit-elle.

Si Nelson a l'intention de lui sauter dessus, pourquoi ne réagit-il pas ? Pourquoi se contente-t-il de rester là, adossé à la porte de la salle de bains ?

— Nelson, s'il te plaît, arrête, supplie-t-elle d'une voix chevrotante. Tu me fais vraiment peur. Le capitaine parlait sérieusement tout à l'heure : si tu fais encore des bêtises, tu perdras ton emploi et tes amis aussi. Tu ne veux pas leur faire ça, hein ?

Les souliers ne bougent pas.

Sandrine jette un coup d'œil derrière elle, tend le bras et déverrouille la porte de la cabine.

Hésitante, elle se tient dans l'embrasure de la porte.

— Je m'en vais, Nelson. Je vais appeler la sécurité. Tu ne me laisses pas d'autre choix.

Elle attend quelques secondes pour lui donner une dernière chance de s'expliquer, mais Nelson reste silencieux.

Sandrine songe aux coups de poing qu'il a reçus au casino. Il saignait. Peut-être qu'il est blessé. Peut-être qu'il est venu à sa cabine pour s'excuser et qu'il s'est senti mal. Il s'est peut-être effondré sur le carreau de la salle de bains et...

— Nelson? Est-ce que ça va?

Elle ne peut pas partir sans s'assurer qu'il n'a rien.

Sandrine rentre dans la pièce. La porte de la cabine étant munie d'un ressort, elle place une valise dans l'ouverture pour l'empêcher de se refermer automatiquement.

Elle s'approche de la salle de bains avec précaution et touche la porte d'une main tremblante. La porte s'ouvre en grinçant et les souliers avancent aussi, comme s'ils étaient liés à elle d'une quelconque façon.

Lentement, très lentement, Sandrine passe la tête dans l'embrasure de la porte.

Une note est collée au miroir, à l'endroit où Édith et elle se laissent souvent des messages. Toutefois, ce n'est pas le bout de papier déchiré qui attire le regard de Sandrine.

Dans la glace, elle aperçoit le reflet d'une créature macabre avec un nœud coulant autour du cou. Un papier est épinglé à la poitrine de la victime: *SANDRINE*.

Chapitre 15

Sandrine met quelques secondes à comprendre qu'il ne s'agit pas d'une personne réelle. La poupée grandeur nature a été fabriquée à l'aide d'un oreiller par-dessus lequel on a enfilé une des robes de Sandrine. Les jambes ont été formées à l'aide de serviettes de bain roulées enfouies dans des bas de nylon et plantées dans des bottines noires. Sur un autre oreiller faisant office de tête, on a tracé une bouche à l'aide d'un bâton de rouge ainsi que des yeux avec un crayon de khôl.

Mais le plus horrible dans tout ça, c'est qu'une chaîne en or a été serrée autour du cou du pantin, dont la tête pend mollement d'un côté.

Sandrine laisse échapper un cri et sort de la cabine en courant. Une fois dans le couloir, elle s'affaisse sur la moquette, tremblante et en larmes.

« C'est moi ! se dit-elle, épouvantée. Moi ! »

Elle se couvre le visage de ses mains pour tenter de chasser la vision grotesque de ses pensées. La personne qui veut sa mort n'a eu aucun mal à entrer dans la cabine, ce qui signifie que Sandrine n'est en sécurité nulle part sur le bateau. De plus, le meurtrier a pris son temps pour faire la poupée, utilisant tout ce qu'il a pu trouver dans la cabine. Les seules choses qu'il a apportées sont la chaîne et les bottines. Mais où donc a-t-elle déjà vu ces chaussures ? Même après les avoir aperçues un bref instant, elle sait qu'elles ne peuvent pas appartenir à Nelson. Elles sont beaucoup trop petites et il semble qu'il s'agit plutôt d'un modèle pour femme.

Sandrine éprouve un vif soulagement en songeant à Nelson, car elle sait où il se trouvait au cours de la dernière demi-heure. Mais où était-il avant d'aller au casino ? Il aurait eu amplement le temps, après qu'Édith et elle ont quitté la cabine, de se glisser dans la chambre et de fabriquer la poupée.

Sandrine se mord le poing et étouffe un sanglot. Elle distingue des voix autour d'elle tandis que quelqu'un lui secoue doucement les épaules.

— Viens, Sandrine. Il faut que tu te lèves. On va te ramener à ta cabine et tu pourras t'allonger.

Elle reconnaît Julie à travers ses larmes. Christelle et François sont aussi penchés vers elle, l'air soucieux.

— Enlevez cette chose de là ! parvient à prononcer Sandrine. Enlevez-la !

— Enlever quoi ? demande Julie.

Sandrine montre sa chambre du doigt et

François disparaît à l'intérieur. Quelques secondes plus tard, un sifflement leur parvient. Lorsque François réapparaît dans le couloir, il a une mine sinistre.

— Un malade a pendu Sandrine en effigie, explique-t-il aux deux autres.

— Décroche-la, l'implore Sandrine d'une voix faible.

— Je crois qu'on ferait mieux de ne pas la toucher, dit François. J'ai appelé la sécurité. On envoie quelqu'un tout de suite.

Sandrine se laisse soulever et transporter jusque sur son lit. Elle ferme les yeux en passant devant la salle de bains.

— Ce n'est pas un tour à jouer à quelqu'un, déclare Julie. Surtout après la mort de deux passagers.

— Il ne s'agit peut-être pas d'une plaisanterie, observe Christelle doucement en échangeant un regard avec François.

— Une personne saine d'esprit ne peut pas être aussi cruelle, dit ce dernier. C'est sûrement l'œuvre d'un psychotique. D'après moi, tu l'as échappé belle.

— Ne parle pas comme ça, François ! dit Christelle, indignée. Tu vas l'effrayer encore davantage.

— Désolé.

Deux officiers chargés de la sécurité font irruption dans la chambre, suivis de près par David.

— Quelqu'un est entré dans la cabine de Sandrine, explique François. Elle n'a rien, mais on lui a laissé un message.

Il fait signe aux officiers d'aller jeter un coup d'œil dans la salle de bains. David, lui, traverse la pièce et s'assoit sur le bord du lit à côté de Sandrine.

— Tu n'as rien, c'est vrai?

Sandrine acquiesce d'un signe de tête.

— Je n'ai jamais eu aussi peur de ma vie. C'est comme si ce monstre que je ne peux même pas voir attendait le bon moment. As-tu déjà vu le film *Le Prédateur*, avec Arnold Schwarzenegger? Eh bien, c'est la même chose. L'assassin est invisible! Je n'ai pas la moindre chance contre lui. Il va finir par me tuer tôt ou tard.

Elle s'abandonne contre David et pleure.

— Je vais mourir, David! Mon Dieu! Je ne veux pas mourir! Je n'ai rien fait pour mériter ça!

Le jeune homme lui caresse les cheveux.

— Si c'est Nelson qui a fait ça, je le tue, gronde-t-il.

— Tu n'es pas censé lui parler ni t'approcher de moi. Le capitaine a dit...

— Je me fiche de ce qu'il a dit. Nelson ne s'en tirera pas comme ça! De plus, tu es mon amie. Et les amis se serrent les coudes dans des moments comme celui-là.

— Merci, dit Sandrine qui se redresse en reniflant. Mais je ne veux pas que tu aies des ennuis à cause de moi.

Elle regarde en direction de la salle de bains. Les deux officiers s'affairent toujours dans la petite pièce. «Qu'est-ce qu'ils font?» se demande-t-elle. David vient interrompre ses pensées.

— Où vas-tu dormir ce soir?

Ainsi donc, il en conclut que les serrures ne servent plus à rien maintenant. Elle hausse les épaules.

— Elle peut venir dans la cabine que je partage avec mes amies, propose Julie.

Elle se tourne vers Sandrine.

— Et tu ferais mieux d'amener Édith aussi. Même si certaines d'entre nous doivent dormir par terre, au moins, on sera nombreuses.

— Ce n'est pas juste pour tes copines, dit Sandrine. Après tout, c'est leur chambre. On sera très à l'étroit à cinq dans une cabine pour deux.

— Qu'est-ce que tu vas faire, alors? demande Julie. Ce n'est pas une bonne idée de laisser Édith seule ici. Imagine que le meurtrier revienne et la prenne pour toi!

Sandrine n'avait pas songé à ça, mais elle sait qu'elle ne se le pardonnerait jamais s'il arrivait quelque chose à Édith.

— Je vais rester ici avec elle. Il y a peut-être un moyen de bloquer la porte.

— J'ai une idée, dit François. Je vais faire le guet dans le couloir ce soir.

David lui tapote l'épaule.

— C'est gentil. Je pourrai te remplacer après

quelques heures. Peut-être qu'un des deux officiers acceptera de faire sa part. Je vais le leur demander.

Mais avant qu'il ait pu entrer dans la salle de bains, l'un des hommes sort avec le bout de papier qui était collé au miroir.

— Sandrine, c'est toi? demande-t-il.

Elle fait un signe affirmatif.

— Est-ce que tu as lu ce message?

Elle fait signe que non d'un air hébété. Elle a envie de crier: «Non et je ne veux pas le lire!»

L'officier tient la note devant ses yeux.

Il s'agit de la même sorte de papier que celui qu'elle a trouvé dans la bouteille. Sandrine reconnaît également l'écriture du premier message. Elle lit:

LES FILLES COMME TOI NE MÉRITENT PAS DE VIVRE. TU VAS MOURIR AUSSI, EXACTEMENT COMME L'AUTRE.

Sandrine a mal au cœur.

— Non..., gémit-elle.

— Est-ce que tu sais qui peut avoir écrit ça? demande l'officier.

— Je n'en suis pas certaine, dit-elle tout bas en baissant les yeux.

David lui lance un regard furieux.

— Bien sûr qu'elle le sait. Seulement, elle est trop charitable pour le dénoncer. C'est Nelson. Nelson Morrow, le chanteur du groupe *Réflexe*.

— Non! Attendez! s'écrie-t-elle. Je sais que les apparences sont contre lui à cause de ses ennuis avec une fille, mais je ne peux pas croire que c'est un assassin.

L'autre officier s'approche derrière son partenaire, les bottines noires à la main.

— Est-ce qu'elles sont à vous ou à votre camarade de chambre, mademoiselle?

— Non, répond Sandrine promptement.

Elle perçoit un mouvement à sa droite et se tourne vers Christelle.

— Je ne pourrais pas le jurer, commence cette dernière en échangeant un regard perplexe avec François, mais je crois avoir déjà vu Marie-France avec des bottines comme celles-là.

— Ça pourrait bien être les siennes, en effet, renchérit François.

— Et ceci?

L'officier tient dans sa main une chaîne en or. Un pendentif représentant une rose entre les anneaux d'un serpent y est accroché.

Sandrine se mord la lèvre assez fort pour qu'un goût de sang emplisse sa bouche.

— Oh non!

— Elle est à vous?

— Non, souffle Sandrine. C'est la chaîne de Nelson.

— Je le savais! s'écrie David.

* * *

Quelques heures plus tard, Christelle sort de la cabine. Assis sur une chaise appuyée contre le mur du couloir, François lève les yeux vers elle.

— Comment va Sandrine ? demande-t-il d'une voix qui trahit sa fatigue.

— Mieux. On a beaucoup parlé depuis qu'Édith est rentrée. Je crois que ça l'aide à se calmer. David a appelé il y a quelques minutes.

— Est-ce que les officiers ont interrogé Marie-France et Nelson ?

— Oui et non. Marie-France affirme qu'elle ne trouvait plus ses bottines depuis hier. Elle prétend que quelqu'un les lui a volées. En tout cas, c'est ce qu'elle m'a dit au téléphone. Je ne suis pas certaine qu'elle dit la vérité. Ce serait son genre de fabriquer une poupée aussi hideuse.

— Mais de là à tuer quelqu'un ? J'ai toujours pensé qu'elle racontait ses histoires pour se rendre intéressante. Et Nelson ?

— David a fait fouiller le bateau, mais sans succès. L'un des officiers à la passerelle est presque certain de l'avoir vu descendre du *Mystique* vers vingt-deux heures trente. C'est à peu près à ce moment-là que Sandrine a découvert la poupée dans sa cabine.

— Si Nelson est intelligent, il n'essaiera pas de remonter à bord, souligne François.

— Je ne suis pas sûre qu'on peut être intelligent quand on prend plaisir à terroriser et à tuer des gens.

Christelle étudie le visage de François. Ce dernier a les yeux cernés. Même avant que les meurtres ne soient commis, il ne semblait pas apprécier beaucoup la croisière. Et comme l'atmosphère est tendue entre eux, Christelle ne s'amuse pas beaucoup non plus.

Elle s'assoit par terre en tailleur à côté de François.

— Ce n'est peut-être pas le bon moment, mais il faut que je te parle, dit-elle doucement.

— Trois heures, ce n'est vraiment pas le bon moment pour les discussions sérieuses.

Christelle a un pincement au cœur, mais elle s'oblige à continuer.

— Il faut qu'on parle de nous.

François fait la grimace.

— Je ne veux pas que...

— Alors ne dis rien, l'interrompt-elle, irritée. Contente-toi d'écouter.

Elle respire à fond et se rappelle que Marie-France lui a conseillé de rompre avec François. Elle ignore si son amie a raison, mais elle se dit que les choses vont tellement mal entre eux que ça ne peut pas empirer.

— Je t'aime tant, François, commence-t-elle en fixant ses mains pour ne pas avoir à le regarder dans les yeux. On est amis depuis le début de notre secondaire, je crois.

— Oui, je crois.

— Je ne voulais pas que ça change. Jamais, dit-elle. Et toi?

— Non. Oui... Je ne sais pas. C'était bien quand on sortait avec toute la bande et qu'on faisait des tas de choses ensemble. Je ne me sentais jamais seul. J'avais toujours quelqu'un à qui parler.

— Exactement. C'était la même chose pour moi. Je n'avais pas besoin de faire semblant d'être différente de ce que j'étais. Je n'avais pas peur de te perdre parce que tu étais toujours là. On s'aidait à faire nos devoirs, on organisait des soirées de danse à l'école...

— Alors? Qu'est-ce qui s'est passé? demande François d'un air triste. Est-ce que tu vas me dire quelque chose de stupide comme « La passion s'est envolée »?

— Non, dit-elle. C'est plutôt le contraire.

— Hein?

— Tu te souviens de la fois où on était allés à un *party* de fin d'année à l'école? C'est Julien Caron qui m'avait invitée et je l'avais surpris en train d'embrasser Caroline Paquin dans un coin.

François sourit.

— Oui. Tu bouillais de colère.

— C'est vrai, mais j'avais de la peine aussi. Je croyais que Julien allait me demander de sortir avec lui.

— Ce gars est un salaud.

— C'est ce que tu m'as dit ce soir-là. Ça m'a fait rire et je me suis sentie moins triste.

— Tant mieux.

— Mais tu as fait autre chose pour me consoler.

François fronce les sourcils et réfléchit.

— Quoi donc ?

Christelle lui donne une petite tape sur la tête.

— Espèce d'idiot ! dit-elle en riant. Tu m'as embrassée !

François devient presque aussi rouge que la moquette.

— C'est vrai ? J'ai fait ça ?

— Et c'était bien.

— Bien ?

— Oui, bien. Sans plus. Je m'étais dit alors qu'il nous faudrait peut-être encore un peu de temps avant d'être comme de vrais amoureux.

François la regarde et lui sourit timidement.

— Je voulais que tu deviennes ma blonde.

— Et je voulais que tu deviennes mon *chum*. Mais tu sais quoi ?

— Quoi ?

— Ça ne s'est jamais produit. On a fait de notre mieux pour former un couple, mais ça n'a jamais marché.

— Es-tu en train de me dire que tu veux rompre ?

La voix de François paraît sur le point de se briser.

— Non, répond Christelle en glissant sa main dans celle de François. Ce n'est pas une rupture parce qu'on n'a jamais été un couple. Tout le monde voulait qu'on en soit un, alors on a joué le jeu.

— Tu as peut-être raison, admet François qui sent sa mâchoire crispée se détendre.

— J'ai raison. Et je ne veux pas perdre mon meilleur ami. Arrêtons de vouloir être romantiques ; ça gâche tout. Redevenons simplement des amis.

Une lueur malicieuse brille dans les yeux de François.

— Zut ! Je n'aurai même pas eu la chance de te voir toute nue !

Christelle éclate de rire et le frappe plus fort cette fois.

— Les gars ne pensent donc qu'à ça ?

— Tu n'as jamais rêvé de me voir nu ? la taquine François en la chatouillant. Avoue-le, maintenant ! Je parie que tu mourais d'envie de me voir à poil !

— Non ! s'esclaffe-t-elle en tentant d'échapper à ses mains tyranniques. Je jure que non !

— Je ne te crois pas !

François tente de l'agripper, mais il tombe de sa chaise. Les deux amis se retrouvent sur la moquette en train de lutter. Christelle a le cœur léger. Elle a retrouvé son vieil ami et tout ira bien maintenant.

Puis elle prend conscience de l'endroit où ils se trouvent et se rappelle les derniers événements qui ont bouleversé leur vie. François et elle ont peut-être réglé leur problème, mais la mort rôde toujours sur les ponts du *Mystique*.

— Je ferais mieux de retourner dans la cabine,

dit Christelle en se relevant. Édith a besoin de sommeil. Je crois que je vais pouvoir tenir compagnie à Sandrine maintenant.

François lui sourit.

— Tu es la personne la plus merveilleuse que je connaisse, Christelle Beaudry.

— Tu es la personne la plus merveilleuse que je connaisse, François Leclerc.

Elle lui tapote l'épaule.

— On se revoit demain matin.

Chapitre 16

Sandrine regarde Édith qui dort dans le lit à côté du sien. Le bras de sa copine est étendu mollement sur l'ourson en peluche que son père lui a envoyé il y a deux ans pour Noël. Quant à Christelle, elle dort assise sur une chaise placée devant la porte, dodelinant de la tête. Mais aussitôt que Sandrine repousse les couvertures, Christelle ouvre les yeux.

— Est-ce que ça va? demande-t-elle en bâillant.

Sandrine se lève et sourit à son amie.

— Je suis vivante, c'est ce qui compte. Écoute, j'ai réagi de manière excessive hier, dit-elle pour s'excuser. Je suis désolée.

— Tu avais tous les droits de réagir comme tu l'as fait.

Christelle se frotte les yeux.

— À ta place, j'aurais déjà téléphoné à mon père pour qu'il vienne me chercher illico !

— Ne va pas croire que je n'y ai pas pensé. Mais il n'est pas question que j'abandonne tant qu'on ne saura pas qui a tué Kim.

Édith roule sur le côté et grogne dans son sommeil.

— Elle doit être épuisée, dit Christelle. Elle s'est endormie très tard cette nuit.

Sandrine jette un regard attendri sur sa copine.

— Je vais la laisser dormir. Et toi, tu devrais aller te reposer.

Christelle ne semble pas l'avoir entendue.

— J'ai parlé à François tout à l'heure. Il est convaincu que la meilleure chose à faire est de s'assurer que l'un de nous reste toujours avec toi, vingt-quatre heures sur vingt-quatre.

— Peut-être.

Mais en son for intérieur, Sandrine se demande si cette précaution sera suffisante. La nuit dernière, les officiers chargés de la sécurité semblaient croire que l'assassin est désespéré au point de tout tenter. Il a déjà tué deux fois. Il n'hésitera pas à le faire de nouveau, même s'il se trouve que sa prochaine victime est assise devant la porte et fait le guet.

L'officier qui s'occupe de l'affaire a indiqué que Nelson et Marie-France sont considérés comme suspects parce que leurs effets personnels ont servi à fabriquer la poupée. Il a également mentionné que le véritable coupable pouvait avoir utilisé délibérément leurs affaires pour jeter les soupçons sur quelqu'un d'autre et, du même coup, compliquer l'enquête.

— Je suis censée travailler aujourd'hui, dit Sandrine en s'efforçant de se concentrer sur ses tâches quotidiennes pour chasser ses peurs. En fait, ajoute-t-elle après avoir regardé l'heure, je dois aller chercher mon chariot dans trente minutes.

— Est-ce qu'Édith et toi pouvez travailler ensemble ?

— Je vais jeter un coup d'œil sur son horaire.

Dès que Sandrine ouvre le tiroir du haut de sa commode, Édith s'assoit dans le lit, comme mue par un ressort.

— Qu'est-ce que tu fais dans mes affaires ? demande-t-elle d'une voix encore engourdie de sommeil.

— Calme-toi. Je ne vais pas t'emprunter tes bijoux, dit Sandrine. Je veux seulement savoir à quelle heure tu commences aujourd'hui. Elle s'empare de la feuille posée sur le journal intime d'Édith.

— Chanceuse ! Tu ne travailles qu'à partir de midi !

— Tant mieux ! lance Édith qui se laisse retomber sur son oreiller et se pelotonne sous les draps. Laisse la feuille sur la commode, O.K. ?

L'instant d'après, elle ronfle déjà.

— C'est ce qu'on appelle s'endormir rapidement ! dit Christelle en riant.

— Je crois que toutes ces émotions l'ont complètement vidée. Comme le reste d'entre nous, d'ailleurs.

— Tu peux le dire. Pendant que tu t'habilles, j'appelle David pour qu'il vienne prendre la relève.

Il peut peut-être t'accompagner pendant que tu travailles. Moi, je suis épuisée.

Elle s'empare du téléphone.

* * *

David jette un dernier coup d'œil sur le bureau pour vérifier que tout est en ordre et replace sa casquette. Il a promis à Christelle d'aller les rejoindre, Sandrine et elle, sur le sixième pont.

Derrière lui, la poignée de la porte tourne. Au moment où il pivote pour voir qui est là, le télécopieur se met en marche.

« J'espère que ce sont les renseignements sur Nelson et Marie-France », se dit-il tout bas.

Le lieutenant Mitchell entre dans le bureau.

— Comment ça va ? demande-t-il en refermant la porte derrière lui.

— Je... Euh... tout va bien maintenant, je crois, bredouille David en se plaçant entre Mitch et le télécopieur.

Le lieutenant le dévisage.

— Qu'est-ce que tu veux dire ? Il s'est passé quelque chose pendant mon absence ?

Manifestement, on ne l'a pas informé des événements survenus pendant qu'il est allé voir les parents de Kim à Montréal.

Derrière David, le télécopieur fait un bruit d'enfer. Le jeune officier élève le ton pour couvrir le ronronnement de l'appareil.

— Oui, pas mal de choses, en fait. Autant tout

te raconter tout de suite. Si on allait prendre un café à la cafétéria ?

Mitch fronce les sourcils.

— David, est-ce que tu me caches quelque chose ? En tout cas, tu n'es pas bon comédien.

— Je me suis dit qu'après le vol, tu aurais envie de te détendre et de prendre un bon café avant de reprendre le travail et...

Il comprend en voyant le regard impatient de Mitch que celui-ci n'est pas dupe.

— Laisse tomber, dit David. On peut très bien discuter ici, après tout. J'ai des nouvelles qui ne peuvent pas attendre.

— S'il te plaît, ne me dis pas qu'il y a eu un autre meurtre, supplie Mitch qui semble s'attendre au pire.

— Non. Mais il y a certaines choses que tu dois savoir.

David songe à la plaisanterie cruelle dont Sandrine a été l'objet. De plus, il se dit que s'il n'avoue pas à Mitch qu'il s'est bagarré avec Nelson au casino, le capitaine Aragonis le fera à sa place. Ça ne ferait qu'empirer les choses.

Et ce foutu télécopieur qui n'en finit plus de faire du bruit !

David se retourne, s'empare des feuilles déjà imprimées et les dépose sur le bureau devant Mitch.

— Je pense qu'on ferait mieux de commencer par ça.

Le lieutenant s'assoit et fait signe à David d'en faire autant.

— Qu'est-ce que c'est que tout ça?

— Des renseignements sur Nelson Morrow, l'un des suspects dans l'affaire du meurtre de Kim.

Mitch le regarde en plissant les yeux, l'air furieux.

— Je t'ai dit qu'on n'avait plus autorité pour demander des renseignements supplémentaires sur les passagers ou les membres d'équipage maintenant que la police s'occupe de l'enquête.

— Je sais, dit David, la gorge serrée. Mais je ne pouvais pas rester assis sans rien faire. Tout le monde sur le bateau aimait bien Kim et veut savoir qui l'a tuée. Je me suis dit que si je pouvais faire ma part pour accélérer les choses...

— Tu as désobéi à mes ordres! dit Mitch sèchement en donnant un coup de poing sur le bureau. Il faudra que je fasse un rapport au capitaine!

— Je crois qu'il ne sera pas surpris.

— Quoi? Vas-y, parle!

— Je suis déjà dans la m... jusqu'au cou avec Aragonis, admet le jeune officier. Je me suis battu avec Nelson Morrow hier soir au casino. Le capitaine a tout vu. Des gardiens de sécurité ont dû nous séparer.

Mitch cligne des yeux comme s'il n'en croyait pas ses oreilles.

— Tu as vraiment bousillé ta carrière, tu le

sais? J'étais convaincu que tu irais loin et je parie qu'Aragonis fondait de grands espoirs sur toi.

David baisse les yeux, honteux.

— Je suis navré de vous avoir laissé tomber, le capitaine et toi. Mais je ne pouvais tout simplement pas rester là à attendre que Nelson fasse une autre victime.

— On ne sait pas si Nelson Morrow a quoi que ce soit à se reprocher! On ne peut pas...

— Nelson s'est introduit dans la cabine de Sandrine il y a deux jours et il lui a sauté dessus. C'est son ami Tim qui a réussi à le maîtriser. Et il semble qu'il y soit retourné hier soir pendant qu'il n'y avait personne. Il a fabriqué une affreuse poupée et y a épinglé le nom de Sandrine avant de la pendre à la porte de la salle de bains. La note qui l'accompagnait se trouve sur ton bureau.

Mitch fait la grimace, saisit la note et la lit rapidement.

— Il pourrait quand même s'agir de quelqu'un d'autre. Nelson n'a pas signé, après tout.

Il lève les yeux.

— Comment réagit la fille?

— Quelques-uns de ses amis et moi nous sommes relayés pour monter la garde devant sa cabine afin d'être certains qu'il ne lui arriverait rien.

David fait une pause avant de continuer.

— Ce sont les officiers Éthier et Wilson qui ont inspecté la pièce. Nelson a utilisé des choses qu'il a trouvées dans la cabine de Sandrine, sauf pour ce qui est des bottines et de la chaîne : les premières appartiennent à Marie-France Soly, tandis que la chaîne est la sienne.

— Je veux voir tout ce que tu as reçu comme renseignements pendant mon absence, dit Mitch.

David s'empresse de retirer la chemise du manuel de navigation qu'il a apporté avec lui. Tandis que le lieutenant Mitchell prend connaissance des rapports, sa colère semble faire place à de l'inquiétude.

— La police recherche Nelson ?

— Oui, monsieur.

— Et nos hommes sont absolument certains qu'il n'est pas à bord ?

— L'officier Éthier m'a assuré qu'ils ont fouillé le *Mystique* de fond en comble. Un autre officier l'a vu quitter le bateau hier soir. Il n'est jamais revenu.

Mitch se frotte le front.

— Je ne sais pas si je dois t'ordonner de rester dans ta cabine pour avoir désobéi à mes ordres et à ceux du capitaine, ou si je dois te remercier pour tout ça, dit-il en désignant les télécopies.

— Qu'est-ce qu'elles disent ? demande David, incapable de contenir sa curiosité maintenant qu'il est presque certain de ne pas être renvoyé.

Mitch s'éclaircit la voix.

— Il faut que la police soit mise au courant de ça immédiatement. Viens.

Il se lève, se dirige vers la porte et fait signe à David de passer devant lui.

— Je crois qu'on aura vraiment besoin d'un café. Je vais tout te raconter en chemin.

* * *

Sandrine se sent extrêmement coupable de voir Christelle l'aider à faire les lits et le ménage. David a promis de les rejoindre sur le pont tout de suite, mais il y a déjà une heure de ça.

— Va dormir, dit Sandrine. Il sera là d'une minute à l'autre.

— Non. Pas question de te laisser seule, insiste Christelle.

Elles ont presque terminé la section de Sandrine sur le sixième pont lorsque celle-ci aperçoit David qui vient vers elles d'un pas pressé.

— Désolé pour le retard, dit-il d'un ton grave.

Christelle sourit.

— L'important, c'est que tu sois là. À tout à l'heure, Sandrine. Appelle-moi si tu as besoin d'une gardienne !

— Promis, dit Sandrine. Merci encore.

Dès que Christelle s'est éloignée, Sandrine se tourne vers David. Elle devine à son regard intense qu'il s'est passé quelque chose d'important.

— Quoi de neuf ?

— On a reçu les renseignements sur Nelson.

— Et ?

— Je mettrais ma main au feu qu'il est le meurtrier, mais Mitch n'en est pas aussi sûr.

Sandrine ferme les yeux, tout étourdie brusquement. Elle refuse toujours de croire que Nelson est un assassin.

— Que dit le fax ? demande-t-elle d'une voix faible.

David saisit la pile de draps qu'elle tient dans ses mains et la pose sur le chariot.

— Il y a environ un an, Nelson et son groupe jouaient dans un club de la région de Toronto. Nelson est toujours très populaire auprès des filles. Certaines s'approchaient de la scène pendant qu'il chantait et l'attendaient même dehors à la fin du spectacle dans l'espoir de flirter et de se faire inviter aux soirées privées que les gars organisaient.

— Nelson m'a déjà dit quelque chose à propos de ses admiratrices.

— Il semble qu'il en avait beaucoup, en tout cas. Un soir, après le spectacle, une fille nommée Corinne Clark a accompagné Nelson au motel où lui et ses musiciens logeaient. Nelson avait sa propre chambre. Les autres membres du groupe sont restés au club pour charger l'équipement. Quand ils sont revenus une heure plus tard, ils sont allés frapper à la porte de sa chambre. Ils avaient ramené des filles et voulaient inviter Nelson et sa compagne d'un soir à venir fêter avec eux. Mais Nelson leur a crié de s'en aller. Plus tard, Tim et les autres ont dit à la police qu'ils avaient entendu la voix hystérique d'une fille. Cependant, ils n'ont pas pu dire si elle riait ou si elle pleurait.

Le sang de Sandrine se glace dans ses veines.

Elle ne veut pas en entendre davantage, mais elle sait qu'elle doit découvrir la vérité au sujet de Nelson, aussi horrible soit-elle.

David l'observe d'un air alarmé.

— Veux-tu t'asseoir?

— Non, répond Sandrine en agrippant la poignée de son chariot si fort que ses jointures blanchissent. Continue.

David respire à fond.

— À partir de là, le rapport de police devient plutôt déroutant. La mère de Corinne a signalé la disparition de sa fille tôt le lendemain matin. Corinne avait déjà fugué une fois et ses parents ont pensé qu'elle avait recommencé. Une de ses copines, qui avait assisté au spectacle avec elle, a déclaré qu'elle l'avait vue monter sur la moto de Nelson.

David s'arrête un instant avant de poursuivre:

— Les policiers ont appris par le gérant du club où logeaient Nelson et ses amis. Vers huit heures, ils ont cogné à la porte de la chambre qu'occupait Nelson. Celui-ci avait pris pas mal de bière la veille et il a dit qu'il n'avait aucune idée de ce qu'avait bien pu faire Corinne. Puis quelqu'un est allé jeter un coup d'œil dans la salle de bains.

Sandrine serre les dents.

— Qu'est-ce qui s'est passé ensuite? Dis-le-moi! Vite!

— La fille était morte dans la baignoire, les poignets ouverts.

Sandrine est prise d'une nausée soudaine. David la soutient, comme s'il craignait qu'elle s'évanouisse.

— Ça va?

— Oui, je crois. Est-ce que c'est Nelson qui l'a tuée?

— On ne l'a jamais su. Le coroner a déterminé que la cause du décès était le suicide, mais les parents de Corinne prétendent que leur fille ne se serait jamais enlevé la vie. Quant à Nelson, il était traumatisé quand on a découvert la fille dans sa salle de bains. Il a affirmé qu'il s'était endormi sur le lit en croyant qu'elle était déjà partie, mais la police ne l'a pas cru. Pourquoi une fille se serait-elle suicidée pour un gars qu'elle connaissait à peine?

Sandrine songe au pendentif de Nelson. Peut-être que c'était celui de cette fille, Corinne. Mais pourquoi le porte-t-il encore près d'un an après sa mort? Parce qu'il se sent coupable d'avoir été tout près d'elle quand elle s'est suicidée et de n'avoir rien fait pour l'en empêcher? Ou parce qu'il aime se rappeler comment il l'a tuée? Corinne, J.C., Kim... Ils sont tous morts dans l'eau et deux d'entre eux ont été tués à l'aide d'un couteau ou, dans le cas de Corinne, d'une arme tranchante. «On dirait bien que Nelson est coupable», pense Sandrine. Elle se sent misérable.

— Et le centre?

— On ne sait pas exactement qui l'a envoyé là. Peut-être ses parents, sur le conseil de leur avocat. Si la police finit par trouver une preuve pouvant

l'incriminer, Nelson n'aura qu'à plaider l'aliéna-
tion mentale.

Sandrine secoue la tête.

— C'est terrible !

— En effet, dit David. C'est terrible.

Chapitre 17

Marie-France et Patricia quittent le bateau ensemble et montent dans un taxi.

— Est-ce que Hamilton est bien loin d'ici ? demande Marie-France.

Elle contemple les rues ensoleillées de Saint-George par la vitre baissée tandis que la voiture démarre.

— On y sera dans environ quinze minutes, répond Patricia. Je ne me rappelle pas combien de temps ça m'a pris la première fois que je suis allée voir Marc. J'étais trop bouleversée.

— Tu crois que les enquêteurs vont le laisser sortir maintenant ?

Patricia sourit.

— Ils n'ont pas le choix ! Comment peuvent-ils croire que Marc a tué J.C. après ce qui est arrivé à Kim et à Sandrine ? C'est sûrement la même personne qui a commis tous ces crimes.

— Marc était en prison au moment de l'agression de Sandrine et du meurtre de Kim. C'est un bon alibi !

— L'alibi parfait, tu veux dire ! s'exclame Patricia d'un ton enjoué. Bien sûr, il sera quand même accusé de vol, mais il pourra être libéré sous caution grâce à ton père. C'est si gentil de sa part de fournir l'argent. Il ne reste plus qu'à attendre les papiers et Marc sera libre.

Marie-France détourne les yeux. La veille, Patricia lui a demandé de l'accompagner au poste de police de Hamilton pour aller voir Marc et elle a accepté. Mais en apprenant ce qui s'est passé dans la cabine de Sandrine hier soir, Marie-France a consulté ses cartes.

Deux officiers sont venus lui poser un tas de questions à propos de ses bottines noires, qui ont servi à la fabrication de la poupée. Marie-France leur a dit qu'elle ignorait comment elles s'étaient retrouvées là, mais elle n'a pas été parfaitement honnête. Christelle et Patricia lui empruntent souvent ses affaires. Il y a deux jours, elle a noté que les bottines n'étaient plus là, mais elle a supposé que l'une des deux filles avait eu envie de les porter.

Mais si Patricia les avait utilisées dans un autre but ? Faire sortir son petit ami de prison, par exemple ? Elle aurait pu s'introduire dans la cabine de Sandrine, fabriquer la poupée et laisser une note de menace pour faire croire que l'assassin n'était pas Marc. En se servant de ses bottines, de la chaîne de Nelson et des oreillers de Sandrine, elle aurait réussi à semer le doute dans l'esprit des policiers.

Mais comment expliquer la mort de Kim? Jusqu'où Patricia était-elle prête à aller pour innocenter son petit ami? Elle n'était sûrement pas capable de tuer quelqu'un, quand même! Ce chanteur... Nelson. Tout le monde croit que c'est lui, l'assassin.

Mais Marie-France n'en est pas convaincue. Elle se fie à son intuition.

C'est vrai qu'elle jouait la comédie quand elle a commencé à tirer les cartes. C'était un bon moyen d'attirer l'attention de ses amis. Mais depuis quelque temps, tout ça a pris une tournure différente.

Parfois, elle devine des choses que personne d'autre ne sait rien qu'en regardant ou en touchant quelqu'un. Elle le saurait si Nelson était un meurtrier assoiffé de sang. Récemment, il lui est arrivé d'éprouver des sensations troublantes en présence d'une certaine personne. Mais les vibrations n'obéissent à aucune logique. Elle n'a rien dit, persuadée qu'on ne la croirait pas, de toute manière.

Marie-France voit que Patricia s'agite sur la banquette du taxi. Elle est si excitée à l'idée de voir Marc qu'elle a du mal à rester assise.

— Combien de temps resteras-tu au poste de police?

— Je ne sais pas, répond Patricia. Environ une heure. Pourquoi?

— Je me disais que, comme on ne nous laissera pas voir Marc toutes les deux, je pourrais en profiter pour aller faire des courses. Je te dépose et je reviens te chercher tout à l'heure. De cette façon, tu pourras passer plus de temps avec Marc.

Patricia sourit.

— C'est super !

Après avoir laissé Patricia devant l'édifice en stuc blanc, Marie-France s'adresse au chauffeur :

— Tobacco Bay, s'il vous plaît.

L'homme emprunte la route longeant l'océan et offrant une vue imprenable sur les plus belles plages de l'île. Mais aucune d'elles n'égale Tobacco Bay.

— Attendez ici, je vous prie, dit Marie-France lorsque la voiture s'immobilise dans le stationnement. Je veux seulement me promener un peu pendant quelques minutes.

L'homme hoche la tête et se laisse glisser sur son siège, baissant sa casquette sur ses yeux pour faire une sieste.

Marie-France ramasse sa longue jupe noire et descend du taxi. La brise marine soulève les franges garnies de perles iridescentes qui pendent au bas de sa veste en patchwork. Ses longs cheveux lui fouettent le visage.

La jeune femme regarde autour d'elle. Un peu plus bas sur la plage, des enfants courent et crient. Des adultes se dorent au soleil sur des serviettes ou des chaises longues. Tout à coup, un mouvement subtil attire son attention sur la colline de l'autre côté de la baie.

Un jeune homme est planté là, jambes écartées, et tient près de sa tête un objet qui reflète la lumière du soleil. Lorsqu'il bouge de nouveau, Marie-France constate qu'il s'agit d'un appareil photo. Est-ce qu'il l'a photographiée?

Elle serre les dents, effrayée et furieuse à la fois. Est-ce qu'il l'espionne?

Marie-France soulève sa jupe, traverse le stationnement en courant et grimpe sur le talus abrupt. Elle s'est déplacée si rapidement que le garçon est toujours en train de descendre de la colline lorsqu'elle le rejoint.

— Qu'est-ce que tu fais là? demande-t-elle d'un ton soupçonneux.

Il pivote sur ses talons et Marie-France n'est pas surprise de reconnaître Nelson Morrow. Une lueur folle et désespérée brille dans ses yeux.

— Ôte-toi de mon chemin! rugit-il.

Marie-France ne bronche pas.

— Et si je reste là? Si je reste là et si je crie jusqu'à ce que quelqu'un appelle la police? Elle te cherche, tu sais.

— Je sais, oui. Tu me prends pour un imbécile ou quoi?

— Ce n'était pas gentil ce que tu as fait à Sandrine.

— Ce n'est pas moi qui ai fait la poupée! lance-t-il avec brusquerie.

— Comment es-tu au courant, alors?

Nelson regarde autour de lui, l'air nerveux.

— Julie l'a dit à Tim. Puis Tim m'a averti que la sécurité croyait que c'était moi qui avais fait le coup.

Marie-France n'est pas sûre qu'il dit vrai. Il a l'air aussi coupable qu'un petit garçon pris la main dans le paquet de biscuits. De plus, ne dit-on pas que les assassins finissent toujours par revenir sur les lieux du crime ? Pourquoi Nelson est-il revenu à Tobacco Bay ? Et pourquoi prend-il des photos alors qu'il devrait être en train de se cacher de la police ?

— Ôte-toi de là, répète-t-il d'une voix rageuse.

— Pas avant que tu me dises ce que tu fais ici ! déclare Marie-France, les poings sur les hanches.

Nelson devient blanc comme un drap.

— Laisse tomber.

Sans avertissement, il fonce droit sur elle. Si Marie-France reste où elle est, il va la piétiner. Elle s'écarte et le regarde dévaler la colline. Une minute plus tard, il disparaît derrière les ruines d'un ancien fort en pierre.

Marie-France se dit qu'il vaudrait mieux qu'elle aille chercher Patricia et qu'elles retournent sur le bateau aussitôt que possible. Elle consultera ses cartes pour savoir ce qu'elle doit faire : dire à la police qu'elle a vu Nelson, ou garder le secret jusqu'à ce que... Jusqu'à ce que quoi ? Pourquoi hésite-t-elle à le dénoncer ?

Marie-France se touche le front et essaie de se concentrer, mais il y a trop d'interférences dans l'air. Elle décide d'attendre que ses pensées soient plus claires pour prendre une décision concernant Nelson.

* * *

— Je ne vois pas pourquoi on a besoin de quelqu'un à notre porte ce soir, se lamente Édith. Je suis là !

— Le lieutenant Mitchell est d'accord avec David, dit Sandrine. Ils le font par mesure de précaution d'ici à ce que la police arrête Nelson.

— Mais il n'est même pas à bord !

Sandrine hausse les épaules. Elle ne va certainement pas critiquer les mesures de sécurité après tout ce qui s'est passé.

— En tout cas, c'est sinistre. As-tu seulement pensé que la personne qui monte la garde va m'entendre si je ronfle ?

Sandrine laisse échapper un rire bref.

— Peut-être, mais on sera encore en vie demain matin. Qu'est-ce qui est le plus important ?

Édith pousse un grognement.

— Je vois ce que tu veux dire.

— De toute façon, on rentre à New York dans deux jours. Avec un peu de chance, Nelson ne sera pas du voyage, la police l'arrêtera et prouvera qu'il est coupable, et le cauchemar prendra fin.

Édith roule les yeux.

— Quand mon père apprendra ce qui s'est passé, il va faire une crise cardiaque. Il ne me laissera plus travailler sur le bateau.

Sandrine sait à quel point c'est important pour son amie de bien faire cet été. Elle voudrait tellement que son père soit fier d'elle ! « Pauvre Édith ! » pense-t-elle. Mais après tout, rien de ce qui est arrivé n'est sa faute.

— Courage ! dit Sandrine. Tu pourras peut-être convaincre ton père de te laisser travailler le reste de l'été si la police arrête le meurtrier.

— Peut-être. Mais même s'il est d'accord pour que je garde mon emploi, ma mère, elle, va m'ordonner de rentrer chez nous par le premier avion.

Sandrine n'ajoute rien, persuadée qu'Édith a raison.

Elle peigne ses cheveux, se démaquille et se brosse les dents. Elle enfile ensuite une chemise de nuit, pend son uniforme et se met au lit.

— Bonne nuit, dit-elle en éteignant la lumière.

Édith est déjà couchée et tourne le dos à Sandrine.

— Bonne nuit, marmonne-t-elle d'une voix ensommeillée.

Dehors, Sandrine entend le clapotis de l'eau qui vient donner contre la coque du bateau. Même si leur cabine est située sur le deuxième pont, donc bien au-dessus du niveau de la mer, le bruit parvient jusqu'au hublot entrouvert. Quelques couche-tard passent sur le pont en riant et en fredonnant une chanson que les membres de *Réflexe* présentent en spectacle.

En songeant à la ballade que Nelson a chantée pour elle l'autre soir, Sandrine sent déferler en elle une vague de tristesse. Quoi qu'il ait pu faire, Nelson n'en reste pas moins un chanteur des plus talentueux. C'est extrêmement dommage que tout son avenir soit compromis maintenant. Une fois que la police l'aura arrêté et qu'il sera reconnu coupable des meurtres de J.C. et de Kim, il passera probablement le reste de sa vie derrière les barreaux.

Sandrine ferme les yeux pour refouler les larmes amères qui s'apprêtent à rouler sur ses joues. Pourquoi devrait-elle pleurer pour un assassin? Il ne mérite pas sa pitié.

* * *

La sonnerie du téléphone tire Sandrine d'un sommeil peu profond. La jeune fille s'assoit et jette un coup d'œil au réveil sur la table entre son lit et celui d'Édith. Il est quatre heures cinq!

— Qui peut bien appeler à une heure pareille? demande-t-elle à haute voix en espérant que sa copine est réveillée et ira répondre.

Mais Édith ne bouge pas.

Sandrine repousse les couvertures et traverse la pièce jusqu'au bureau.

— Oui? répond-elle d'un ton impatient.

— Sandrine? C'est toi, ma chérie?

En entendant la voix grave et masculine, Sandrine a l'impression de recevoir une décharge électrique qui se propage jusqu'aux extrémités de ses membres. C'est Nelson. Impossible de s'y tromper.

— Je ne veux pas te parler ! siffle-t-elle en faisant un geste pour raccrocher.

— Ne raccroche pas ! crie Nelson. Sandrine, s'il te plaît, ne raccroche pas ! Ce n'est pas moi qui ai mis la poupée dans ta chambre !

— Ta chaîne était entortillée autour de son cou.

— Quoi ?

— Le précieux pendentif que ta petite amie t'a donné. Tu sais, celle que tu as tuée à Toronto ? À moins que tu ne l'aies oubliée maintenant que tu n'as plus ta chaîne pour te souvenir d'elle !

Édith remue dans son lit et marmonne quelque chose dans son sommeil. Sandrine baisse le ton.

— Et la note ?

— Quelle note ?

— Tu as vraiment des troubles de mémoire, on dirait. Je parle de la note que tu as collée à mon miroir. Tu as écrit que je mourrais comme l'autre fille. Tu devais vraiment détester Corinne pour faire ça, tout comme tu dois me détester.

— Ce n'est pas vrai ! gémit Nelson dans le combiné. Sandrine, je te jure que c'est un coup monté contre moi. Je sais que j'ai agi comme un idiot au casino. Mais quand je t'ai vue avec David, ç'a été la goutte qui a fait déborder le vase. Tu as passé tout l'après-midi avec lui et avant-hier, vous êtes allés nager à Tobacco Bay.

— Tu m'as espionnée ?

Sandrine a le souffle coupé, mais elle ne lui laisse pas le temps de répondre.

— Tu me surveillais! Je ne peux pas croire que tu es jaloux au point de...

— Qui c'est? l'interrompt Édith qui s'est dressée sur un coude dans son lit.

Sandrine lui fait signe de se taire.

— Je suis jaloux, je l'admets, déclare Nelson. Bien des gars le sont. Mais je n'irais jamais jusqu'à tuer!

Il a l'air sincère, mais Sandrine sait qu'il peut se montrer très convaincant.

— Tu as parlé d'un coup monté, dit-elle. Qu'est-ce que tu veux dire?

Édith saute à bas du lit, les yeux agrandis de frayeur.

— C'est Nelson! Oh! mon Dieu!

Sandrine la fait taire en lui mettant la main sur la bouche.

— Qui est avec toi? demande Nelson.

— C'est Édith. Explique-moi ce que tu entends par «coup monté».

Le chanteur hésite, comme s'il avait changé d'idée.

— Je ne peux pas. Pas maintenant. Et pas au téléphone.

— Pourquoi pas?

Édith tire la manche de Sandrine.

— Sais-tu où il est? chuchote-t-elle à son oreille.

Sandrine secoue la tête tandis que Nelson continue à parler.

— Garde-le en ligne, murmure Édith. Je file au bureau de la sécurité pour voir si on peut déterminer la provenance de l'appel.

Sandrine lui lance un regard furieux et fait non de la tête.

— C'est un assassin ! lui rappelle Édith. Arrête de faire l'imbécile en essayant de le protéger !

Édith rentre son t-shirt dans un jean qu'elle a enfilé à toute vitesse. Elle saute dans ses tennis et sort de la cabine en courant. Avant que la porte se referme, Sandrine l'entend échanger quelques mots avec François dans le couloir.

— Alors ? dit Nelson.

— Alors quoi ?

Distraite par le plan d'Édith, Sandrine n'a pas entendu ce qu'il a dit.

— Répète-moi ce que tu viens de dire. Je n'ai pas compris.

— Tu n'as pas compris ? Et moi, tu crois que j'y comprends quelque chose ? Je t'appelle pour m'excuser de t'avoir engueulée l'autre jour dans ta cabine, et tu veux me raccrocher au nez. Je suis tellement fou de toi que je me jette sur un gars et je passe à un cheveu de perdre mon emploi ! Ensuite, tout ce que je sais, c'est qu'on m'accuse de meurtre ! Est-ce que j'en ai manqué un bout ?

— Calme-toi, Nelson, dit Sandrine en s'efforçant d'être rassurante. Je suis certaine qu'on peut arriver à se comprendre.

— Ah oui ? Rien que toi et moi, ou toi, moi et

la police? On veut m'arrêter comme si j'étais une espèce de maniaque!

— Dis-moi seulement où tu es, Nelson.

Même si la sécurité ne parvient pas à déterminer la provenance de l'appel, la police pourra toujours aller le cueillir si elle réussit à lui faire dire où il se trouve.

Plusieurs secondes s'écoulent et Sandrine craint qu'il ne raccroche.

— Pourquoi me demandes-tu ça? dit-il enfin.

— Si tu veux que j'aille te rejoindre, il faut que tu me dises où tu es.

— Ouais... Mais je veux que tu viennes seule.

— O.K., dit Sandrine.

Pourtant, elle sait qu'elle n'ira nulle part seule avec lui.

De son côté, Nelson semble se demander s'il peut lui faire confiance.

«Mais que fait Édith? se demande Sandrine. Pourquoi n'est-elle pas déjà revenue? Et pourquoi François reste-t-il dans le couloir? Il pourrait entrer!»

Peut-être que la sécurité les a déjà mis sur écoute et que la compagnie de téléphone de l'île s'affaire déjà à établir la provenance de l'appel!

Ou peut-être qu'Édith n'a pas réussi à trouver d'officier en devoir à cette heure. Même s'il y a de l'activité presque nuit et jour à bord d'un bateau de croisière, la plupart des gens sont dans leur cabine entre trois heures et quatre heures.

— Est-ce que tu es sur l'île ?

— Pas exactement, répond Nelson.

— Qu'est-ce que tu veux dire ?

— J'ai quitté le navire hier soir quand Julie a dit à Tim que la police me recherchait. Disparaître me paraissait alors la meilleure chose à faire.

— Et maintenant ?

— On ne peut pas se cacher longtemps sur une île, dit-il avec un petit rire nerveux. J'ai dû remonter à bord pour essayer de tout t'expliquer. Il faut que je te parle de Corinne.

Sandrine ferme les yeux et serre le combiné d'une main tremblante. « Il est sur le bateau ! pense-t-elle, affolée. Mon Dieu, faites que quelqu'un soit en train de nous écouter ! »

— Vas-y, raconte-moi tout, parvient-elle à dire malgré l'énorme boule qui s'est formée dans sa gorge.

— Je te l'ai dit : pas au téléphone. Je veux te voir.

— Où ?

— Je te rejoins dans ta cabine.

— Non ! hurle-t-elle, incapable de contenir sa frayeur plus longtemps.

Mais tout à coup, la ligne est coupée. Et avant que Sandrine ait eu le temps de réagir, les lumières s'éteignent aussi.

La jeune fille laisse tomber le combiné, se précipite vers la porte et cherche la poignée à tâtons.

— François! s'écrie-t-elle. Les lumières de ma chambre...

Stupéfaite, elle se rend compte que c'est tout le couloir qui est plongé dans l'obscurité.

— François!

Mais celui-ci n'est pas sur la chaise placée près de la porte.

Sandrine s'empresse de rentrer dans sa cabine et ferme la porte. Elle s'appuie contre la surface froide et métallique, tremblante de peur.

Chapitre 18

Sandrine inspire lentement et profondément pour mieux se calmer. «La porte est verrouillée, se dit-elle, et la chaîne est mise. Personne ne peut entrer à moins que je n'ouvre la porte.»

Elle n'a qu'à s'asseoir et à attendre Édith, François ou un officier chargé de la sécurité.

Sandrine serre très fort ses mains et regarde droit devant elle dans la pièce obscure. Seule une faible lumière émanant du clair de lune filtre par le hublot.

De l'extérieur de la cabine lui parvient soudain une sorte de grattement. Sandrine fixe le hublot et voit une main agripper et forcer la charnière pour l'ouvrir plus grand. Une autre main sort de l'ombre tandis que Sandrine étouffe un cri d'horreur et recule vers la porte.

«Non! crie-t-elle intérieurement. C'est Nelson! Il cherche à entrer dans la cabine!»

Seule et sans téléphone, elle se dit qu'elle doit sortir de là. Elle décide de courir au bureau de la sécurité, où un officier est censé être en devoir vingt-quatre heures sur vingt-quatre. D'ailleurs, Édith y est sûrement en ce moment même.

Sandrine retient son souffle, enlève la chaîne de porte et se sauve dans le couloir, en chemise de nuit et pieds nus. Elle touche le mur de ses mains tendues pour mieux se guider et se dirige vers le hall au centre du bateau en espérant qu'il y aura de la lumière. Mais le vestibule tout en miroir et en chrome est plongé dans le noir aussi et les ascenseurs ne fonctionnent pas.

Sandrine entend des pas qui courent dans un couloir tout près. On dirait qu'il s'agit de plusieurs personnes.

— Au secours! crie-t-elle.

— Retournez dans votre cabine, mademoiselle, dit une voix d'homme. Nous essayons de localiser la cause du problème.

— Attendez!

Mais les ouvriers sont déjà partis.

Sandrine retient son souffle et prête l'oreille, mais elle n'entend aucun autre bruit de pas.

C'est évident. Si la panne s'était produite à minuit, les couloirs auraient été pris d'assaut par les passagers paniqués. Mais à cette heure de la nuit, tout le monde dort à poings fermés.

— S'il vous plaît, aidez-moi! crie-t-elle d'une voix rauque.

Mais elle n'obtient pas de réponse.

Sandrine regarde autour d'elle et se demande

quoi faire. Pour monter jusqu'aux bureaux de la sécurité, situés deux étages plus bas que le premier pont occupé par les passagers, elle devra emprunter l'escalier de service.

Elle pince les lèvres et se dit qu'elle n'a pas le choix. Elle avance en titubant vers la porte.

À mi-chemin dans le couloir, Sandrine sent une présence derrière elle. Cette fois, les pas semblent plus discrets, prudents même. Avec l'énergie du désespoir, elle parcourt les quelques mètres qui la séparent de l'escalier. Elle saisit la poignée en métal et ouvre toute grande la porte.

Sandrine perçoit une lueur jaunâtre un étage plus bas et dévale l'escalier. Lorsqu'elle atteint enfin le palier, elle constate avec soulagement qu'il y a de la lumière. Elle prend son élan, saute les six dernières marches et atterrit à quatre pattes.

— Sandrine ? C'est toi ? demande une voix familière.

« Bien sûr que c'est moi, crétin ! » a-t-elle envie de crier.

— Sandrine ! Arrête ! Je veux seulement te parler !

— Mais oui ! crie-t-elle par-dessus son épaule. C'est pour ça que tu as coupé la ligne ct que tu as tenté d'entrer dans ma cabine il y a quelques minutes !

— Écoute-moi ! Ce n'était pas moi !

Sandrine atteint la porte qui donne sur la section où sont situés les bureaux. Elle tire pour l'ouvrir, mais le loquet tient bon. La porte est verrouillée ! Elle ne sait plus quoi faire !

Si son esprit fonctionne au ralenti, son corps, lui, profite d'une décharge d'adrénaline. Sandrine virevolte et descend à l'étage au-dessous, mais encore une fois, la porte est verrouillée.

Sandrine est convaincue que son cœur va éclater tellement il bat fort. Mais en entendant les pas de Nelson résonner sur les marches derrière elle, elle se dit qu'elle ne peut pas s'arrêter maintenant.

Lorsqu'elle atteint le dernier palier, une porte finit par s'ouvrir. Sandrine se retrouve dans une section du bateau qu'elle n'a jamais visitée. Elle franchit un étroit couloir vivement éclairé le long duquel sont alignés des conteneurs et de l'équipement électrique.

— Hé ! Il y a quelqu'un ? crie Sandrine en courant, hors d'haleine. Aidez-moi !

Mais il semble n'y avoir personne dans le coin. « Tous les techniciens doivent se trouver sur le pont pour rétablir le courant », pense-t-elle.

Sandrine poursuit sa course.

Sous ses pieds, le plancher fait place à une grille métallique à travers laquelle, quelque six mètres plus bas, Sandrine aperçoit d'immenses turbines, des kilomètres de câble et de la machinerie ronflante.

À sa droite se dresse un mur, tandis qu'à sa gauche s'étend, dans le vide, au-dessus des machines, une passerelle étroite qui débouche sur un bureau.

Une lumière est allumée derrière la fenêtre en verre armé. Un panneau indique que l'accès à la passerelle est interdit, tout comme la chaîne qui bloque le passage.

Mais Sandrine passe par-dessus la chaîne et court sur la passerelle branlante, risquant enfin un regard derrière elle. Nelson est toujours sur la grille et contemple les énormes machines deux étages plus bas.

— Sandrine! crie-t-il. Je t'en prie, laisse-moi te parler!

— Vas-y, parle! dit-elle en ralentissant quand elle s'aperçoit qu'il ne la poursuit pas. Mais dépêche-toi, parce que le gardien de sécurité sera là d'une seconde à l'autre!

Nelson regarde en bas de nouveau et fait la grimace.

— C'est terriblement haut ici. S'il te plaît, reviens. Je ne veux pas que tu te blesses.

— C'est une blague ou quoi? Tu ne veux pas que je me blesse? C'est pour ça que tu as tenté de m'étrangler dans la ruelle et que tu as écrit une note où tu menaces de me tuer?

— Je n'ai rien fait de tout ça! proteste Nelson d'une voix tendue. C'est ce que j'essaie de te dire : quelqu'un cherche à faire croire que c'est moi le meurtrier.

— Si ce n'est pas toi, qui est-ce? demande Sandrine qui marche à reculons sur la passerelle afin de garder un œil sur lui tout en s'approchant du bureau.

Nelson passe une main dans ses cheveux.

— Je ne sais pas! Si je le savais, tu ne crois pas que j'irais le dire à la police?

— Je crois plutôt que tu es très malade. Tu as tué cette pauvre fille, mais tu t'en es tiré avec six mois dans un centre de réhabilitation. Tu as aussi tué J.C. lors de notre première nuit en mer. Pourquoi, Nelson? Parce qu'il était au courant à propos de Corinne?

— Non!

— J'imagine que J.C. voulait te faire chanter. Tu n'aurais jamais été engagé si le père d'Édith avait su que tu avais tué une adolescente.

— C'est un mensonge! gronde Nelson, les yeux brillants.

Il passe par-dessus la chaîne et avance lentement vers elle.

— Puis tu as commencé à t'inquiéter quand j'ai vu la photo de *Réflexe* à *L'Orchidée noire*. Tu n'étais pas avec les autres membres du groupe parce que tu te trouvais en thérapie au moment de la photo. Ton séjour là-bas figure dans ton dossier, mais on ne mentionne pas la nature du traitement. Tu as tué une fois, et tu as dû recommencer pour éviter qu'on devine ce qui s'était vraiment passé.

Sandrine prend une grande inspiration.

— La seule chose que je ne comprends pas, c'est ce que signifie la première note que j'ai trouvée. Qui est Annjeelo?

— Tu racontes n'importe quoi, Sandrine.

Cette dernière continue à marcher en se tenant aux câbles qui bordent la passerelle.

— Je t'interdis d'inventer des histoires sur mon compte !

— As-tu peur, Nelson ? Tu as peur parce que j'ai découvert la vérité ?

Sandrine atteint enfin la porte au bout de la passerelle.

— Dommage que David soit intervenu l'autre soir, dans la ruelle, dit-elle. C'est lui qui a fait échouer ton plan. Ça explique pourquoi tu le détestes tant. En plus, tu es jaloux. C'est probablement par jalousie que tu as tué Corinne. Est-ce qu'elle a essayé de te larguer, elle aussi ?

Nelson secoue vigoureusement la tête.

— Non ! Ce sont des mensonges ! Je ne l'ai même pas touchée !

— Et tu ne m'as pas touchée non plus le soir où tu es venu dans ma cabine, je suppose ?

— Tu m'avais laissé tomber ! hurle Nelson qui semble oublier où il se trouve.

Son pied gauche glisse, mais il parvient à se retenir en agrippant le câble.

À partir de cet instant, il paraît encore plus en colère. Sandrine, elle, est déchaînée. Les mots lui viennent facilement maintenant qu'elle a tout compris. Et plus elle parle, plus elle gagne du temps. Quelqu'un finira bien par arriver !

— La pauvre Kim devait avoir deviné que c'était toi qui m'avais attaquée. Est-ce qu'elle t'a vu m'espionner à Tobacco Bay ?

Nelson s'approche d'un pas chancelant. Les traits de son visage se tordent comme s'il avait mal.

Sandrine tourne la poignée de la porte derrière son dos, mais celle-ci refuse de s'ouvrir.

Une vague de nausées la submerge. En voyant la lumière allumée dans la pièce, elle a cru que le bureau ne serait pas verrouillé et qu'elle pourrait au moins appeler la sécurité.

Mais maintenant, elle est prise au piège !

Tout en surveillant Nelson du coin de l'œil, Sandrine parvient à s'emparer de l'extincteur accroché tout près de la porte.

— Ne t'approche pas ! dit-elle pour le mettre en garde.

Elle enlève la goupille de l'extincteur et tient le tuyau devant elle.

— Arrête, Sandrine ! Pose ça avant que l'un de nous...

Nelson a probablement deviné ce qu'elle a l'intention de faire, car une fraction de seconde avant que Sandrine appuie sur la gâchette, il se cache le visage dans ses mains pour se protéger les yeux. Mais au dernier instant, Sandrine dirige le tuyau vers le bas.

Nelson se rue sur elle pour lui arracher l'extincteur, mais le talon de sa chaussure glisse sur la mousse blanche qui recouvre la passerelle métallique.

Sandrine reste figée en voyant Nelson glisser

sous le câble et culbuter dans le vide. Le cri d'effroi du chanteur prend fin brusquement lorsqu'il heurte le plancher de ciment. Sandrine laisse tomber l'extincteur, se couvre le visage de ses mains et détourne la tête.

Chapitre 19

— Hé! toi! tonne une voix puissante. Qu'est-ce que tu fais là?

Sandrine fixe l'homme en combinaison de travail grise qui se tient au bout de la passerelle.

— Je crois qu'il vaudrait mieux appeler un médecin, parvient-elle à dire en désignant le corps inerte de Nelson sur le plancher.

— Oh! Bon sang!

Tout en descendant prudemment de la passerelle, Sandrine entend l'employé crier dans le téléphone pour qu'on fasse venir le médecin immédiatement.

— Mais qu'est-ce que vous faisiez là? demande l'homme d'un ton sévère après avoir raccroché. L'accès à cette passerelle est interdit, vous avez dû le voir.

— J'expliquerai tout au lieutenant Mitchell, déclare Sandrine faiblement.

Elle s'approche de Nelson et remarque la position grotesque de sa jambe droite. Elle ne saurait dire s'il respire ou non, et elle n'ose pas le toucher.

Les larmes se mettent à rouler sur ses joues. Si Nelson est mort, ça signifie que son cauchemar est terminé, non?

D'une certaine façon, ça semble trop beau pour être vrai.

Le lieutenant Mitchell arrive presque tout de suite en compagnie du médecin du bateau et de David.

Après avoir examiné Nelson brièvement, le docteur résume la situation:

— Heureusement qu'il a perdu connaissance. Il a une très vilaine fracture de la jambe. Ce sera un miracle si l'autre n'est pas cassée aussi.

— Il n'est pas mort? demande Sandrine.

Le médecin la regarde d'un air perplexe.

— On dirait presque que tu souhaitais qu'il le soit.

— Non! Pas du tout!

Elle se tourne vers Mitch.

— Mais il... il a essayé de me tuer. Il m'a téléphoné et Édith est partie chercher de l'aide. Pendant ce temps-là, il a grimpé à mon hublot et j'ai dû m'enfuir. Puis il y a eu une panne d'électricité... Non. Ça, c'était avant que je sorte de ma chambre. Ou était-ce après?

David pose une main sur son bras et regarde Mitch.

— Est-ce que je peux la ramener au bureau pour éclaircir tout ça? Je crois qu'elle est bouleversée.

— Bonne idée, approuve le lieutenant.

Il s'adresse ensuite au médecin.

— Si je comprends bien, ce jeune homme ne sera pas en état de se sauver si vous l'emmenez à l'infirmerie ?

— Il restera tranquille au moins jusqu'à ce qu'il ait un plâtre, répond le docteur. Par la suite, il n'y a pas de danger qu'il batte de record de vitesse. Il faudra l'emmener à l'hôpital pour des radiographies pour s'assurer qu'il n'a pas de lésions internes.

Mitch acquiesce d'un air grave.

— Ne le laissez pas quitter l'infirmerie avant que j'aie pu lui parler. Je passerai le voir après avoir interrogé la fille.

* * *

— Eh bien ! Je crois qu'on a notre homme, dit David lorsque Sandrine a terminé son récit des événements de la soirée.

Mitch se frotte la tempe et fronce les sourcils en s'adossant à sa chaise.

— Je ne suis toujours pas convaincu.

— Quoi ? s'étonne Sandrine. Mais il m'a poursuivie ! Il allait me tuer !

— Avec quoi ? demande Mitch.

— Il n'avait qu'à me pousser ! Tu as vu ce qui lui est arrivé !

— Il a une jambe cassée. Tu crois que ça va l'achever ? C'est vrai qu'il a un tempérament colérique et que ses réactions sont plutôt violentes. Mais on ne peut pas arrêter une personne parce qu'elle pique parfois des crises!

— Mais la fille qu'il a tuée à...

— Tu ferais mieux de ne pas lancer d'accusation sans savoir, l'interrompt Mitch d'un ton désapprobateur. J'ai reçu un autre fax tard hier soir.

Sandrine regarde David d'un air interrogateur, mais le jeune officier a l'air aussi surpris qu'elle.

— Même si les circonstances de la mort de Corinne Clark demeurent nébuleuses, le coroner a conclu à un suicide. Après les funérailles, plusieurs amis de Corinne ont admis qu'elle était plutôt instable sur le plan émotionnel et qu'elle avait menacé de se suicider à deux reprises à la suite de ses ruptures avec deux autres petits amis. Il paraît aussi qu'elle rêvait de sortir avec des vedettes rock.

Sandrine s'humecte les lèvres.

— Ça veut dire que Nelson pourrait avoir dit la vérité?

— Il semble qu'il ait été si ébranlé par la mort de cette fille qu'il s'est rendu lui-même au centre de réhabilitation pour se faire soigner. Tim affirme que Nelson était anéanti quand on a découvert le corps de la fille et qu'il a juré qu'il ne chanterait plus jamais. C'est lui qui l'a convaincu de demander de l'aide.

— C'est peut-être pour se punir qu'il porte encore le pendentif, dit Sandrine. Il se sent peut-être coupable de s'être trouvé dans la pièce voisine quand elle... quand elle l'a fait.

Elle n'ose même pas imaginer la scène.

— Mais on a trouvé le pendentif sur la poupée dans la cabine de Sandrine ! fait remarquer David. Est-ce que ce n'est pas la preuve que c'est lui qui a fait le coup ?

Mitch fait non de la tête.

— Nelson a dit à Tim qu'il portait sa chaîne quand il s'est rendu au casino. C'est possible qu'il l'ait perdue pendant la bagarre et que quelqu'un l'ait ramassée.

— Alors Nelson n'est plus considéré comme suspect ? demande David. Il n'a pas tué J.C., ni attaqué Sandrine, ni noyé Kim ?

Sandrine se réjouit à cette pensée. Elle a toujours voulu croire que Nelson ne lui ferait jamais de mal.

— Je n'irais pas jusqu'à dire ça, répond Mitch. Pas encore.

Le lieutenant se tourne vers Sandrine.

— Es-tu certaine que c'était bien la voix de Nelson au téléphone ?

— Oui. Enfin, presque, dit-elle au bout de quelques secondes de réflexion.

— On croit qu'il t'a appelée d'un téléphone situé sur le pont promenade, près de la piscine. Mais la ligne a été coupée d'une boîte électrique placée sur le même pont que ta cabine. Nelson ne peut pas s'être trouvé tout en haut sur le pont promenade et sur le deuxième pont en même temps. Ou tu as parlé à une autre personne que

Nelson, ou la personne qui a coupé la ligne téléphonique et l'électricité avant de grimper à ton hublot était quelqu'un d'autre.

Sandrine dévisage le lieutenant.

— Ça signifie que l'assassin est toujours en liberté sur le bateau ?

— Fort probablement, répond Mitch.

* * *

David raccompagne Sandrine à sa chambre.

— Tu es bien silencieuse, dit-il tandis qu'ils sortent de l'ascenseur sur le deuxième pont. Tu es certaine que ça va ?

— Je songeais à Nelson. Il n'essayait pas de m'assassiner. Il voulait simplement me parler et c'est moi qui ai failli le tuer.

— On ne sait pas quelles étaient ses intentions, lui rappelle David. Mitch peut se tromper à son sujet, tu sais.

— Je ne peux pas m'empêcher de me sentir responsable de ce qui lui est arrivé.

David paraît sur le point d'ajouter quelque chose, mais Sandrine et lui aperçoivent deux personnes qui viennent dans leur direction en chancelant. Édith s'accroche au bras de François qui la soutient de son mieux.

Avant que Sandrine ait pu prononcer un mot, Édith lève les yeux et s'écrie :

— Dieu merci, tu n'as rien !

Sandrine court vers son amie.

— Mais qu'est-ce qui t'est arrivé ?

— J'étais partie chercher de l'aide, tu te souviens ?

Sandrine fait signe que oui.

— Eh bien, c'est François qui y est allé. J'ai pensé que ce serait plus rapide. Je n'ai pas un très bon sens de l'orientation, tu le sais.

— J'avais l'intention d'aller au bureau de la sécurité, raconte François, mais les lumières du couloir se sont éteintes presque immédiatement après que j'ai laissé Édith. Je suis revenu pour m'assurer que tout allait bien, mais elle n'était plus là et toi non plus !

Édith se frotte la nuque. Quand elle retire sa main, celle-ci est maculée de sang, mais la jeune fille ne semble pas s'en apercevoir.

— J'ai passé les dernières minutes sur le plancher devant les distributeurs automatiques. On m'a frappée par-derrière et je ne me souviens de rien du tout.

— Est-ce que ça va ? demande Sandrine en examinant la blessure d'Édith.

Mais celle-ci s'écarte vivement, agacée.

— Ça ira très bien aussitôt que ma tête arrêtera de tourner.

Sandrine s'adresse à François.

— En voyant que nous n'étions plus là, Édith et moi, qu'est-ce que tu as fait ?

— J'ai essayé de suivre les indications d'Édith, mais je crois qu'elles n'étaient pas très claires. À un certain moment, j'ai dû tourner au mauvais endroit.

Il se gratte le front.

— Je n'arrive pas à comprendre comment j'ai pu me perdre. Habituellement, j'ai un excellent sens de l'orientation.

Il regarde Sandrine d'un air penaud.

— J'ai vraiment fait tout ce que je pouvais. Je suis navré d'être arrivé trop tard.

Sandrine frissonne à ces mots.

« Trop tard... »

J.C. a compris trop tard que la personne en qui il avait confiance était son ennemie. Sandrine, elle, s'est aperçue trop tard qu'elle n'aurait pas dû quitter le club seule à Saint-George. De son côté, Kim a tenté de la mettre en garde contre quelqu'un en qui elle a confiance... mais Sandrine l'a trouvée trop tard au fond de l'eau.

Une terreur pétrifiante enveloppe Sandrine. La jeune fille laisse échapper un soupir et ne peut s'empêcher de se demander si la prochaine fois, il sera trop tard pour elle.

Sandrine s'embarque enfin pour la croisière de ses rêves.

Mais avant même que le paquebot quitte le port, un charmant jeune officier l'a déjà remarquée. Et l'irrésistible chanteur soliste d'un groupe rock n'a d'yeux que pour elle.

Sandrine sait que son image ne laisse pas les hommes indifférents, mais elle sait aussi qu'elle doit rester sur ses gardes.

Au clair de lune, ce soir là, alors qu'elle échange son premier baiser... elle se sent épiée, observée. Quelqu'un guette ses moindres gestes.

Mais qui?

Sandrine a très peur.

Elle ne veut surtout pas que ce merveilleux voyage ne se transforme en une traversée sans retour!

Deux personnes voyageant à bord du luxueux paquebot le *Mystique* perdent la vie de façon mystérieuse.

Sandrine, la préposée aux cabines, frémit de peur en se rappelant l'agression dont elle a été victime lors d'une escale à Saint-George, aux Bermudes.

Elle sait maintenant que le tueur est à bord.

Mais le connaît-elle? S'agit-il d'un nouvel ami? D'un admirateur? Du jeune homme avec qui elle a échangé un baiser au clair de lune?

Chose certaine, Sandrine en sait trop... Et l'assassin va tout mettre en œuvre pour qu'elle découvre jamais la vérité.

Les personnages de ces récits vivent des situations graves, tragiques et souvent dramatiques. Leur vie ne tient qu'à un fil…

Amateurs de grands frissons, les maîtres du suspense ont écrit ces histoires terrifiantes pour vous.

Natache est bien déterminée à découvrir ce qui est arrivé à sa petite sœur. Cependant, elle ne se doute pas qu'elle met sa vie en danger en s'infiltrant dans une mystérieuse secte.

Condamnée pour meurtre, Laurie voit le soleil se lever pour la dernière fois. A-t-elle raison de clamer son innocence ?

Paul ne souhaite qu'une chose : prouver à Lyne qu'il n'est pas une poule mouillée. Il n'a jamais cru qu'il se retrouverait impliqué… dans une affaire de meurtre.

ACHEVÉ   D'IMPRIMER
EN   MAI   1997
SUR   LES   PRESSES   DE
PAYETTE & SIMMS INC.
À SAINT-LAMBERT (Québec)